白布香江

那些父祖輩的故事

余震宇 著

目次

第二章・一九四二・香港

第三章・一九四八・石塘咀

第七章・一九六五・香港

推薦序

陳浩基

和震宇兄認識多年，讀過他不少以香港歷史為主題的紀實作品，每每讓我大開眼界。數年前他告訴我打算挑戰小說創作，成果便是這本《白布香江——那些父祖輩的故事》——作中虛實交錯，震宇兄借虛構的祖孫三代角色置身於以現實為藍本的場景之中，帶出殖民地時代的香港市民百態，從二戰香港淪陷前的上世紀三十年代寫到六六年

天星小輪加價騷亂。對香港歷史瞭若指掌的震宇兄挑選了好幾則社會事件，利用小說家的筆觸重新勾勒面貌，令人想起側寫社會變遷的電影《阿甘正傳》，只是本作角色更為平凡，更貼近我們一般小市民的視野。

常言道「回憶總是美好」，老一輩喜歡訴說從前香港繁華的一面，諸如娛樂事業五光十色、商機處處遍地黃金，頌揚創下豐功偉業的巨人大亨，卻對當時民間的顛沛流離與篳路藍縷避而不談，忽略被歷史巨輪碾壓的無名氏小人物。雖然《白布香江——那些父祖輩的故事》是虛構作品，但書中描繪的六十多七十年前昔日香江足以讓我們反思——「以史為鑑，可以知興替」，唯有直面過去，我們才能從前人的足跡認識今天的自己。小說這文體往往是作者對自身、對現實的叩問，縱然本作的敘事者在結末只留下慨嘆，讀者卻可以藉此思考，到底「歷史的弔詭」有沒有出口？有方法打破猶如薛西弗斯神話的宿命循環嗎？這或許是我們這一代必須細想的問題。

本故事包含虛構情節，
與現實的人物、團體與事件無關，
插圖與剪報僅供參考。

楔子

二〇二五年的春天，北角的老房子終於要搬遷了。我站在空蕩蕩的客廳，看著堆積如山的紙箱，心裡像堵著一口氣，說不清是沉重還是空落。整理到床底時，手忽然觸到一個粗糙而熟悉的質感——一個蒙塵的白布袋。

我將它拖出來，拍掉灰塵，袋口微微裂開，露出泛黃的紙角。那一瞬間，我彷彿回到兒時，嫲嫲也是這樣從床底拖出這個白布袋，輕輕拍打，像在喚醒甚麼。那時我不懂，袋子裡裝著甚麼。後來，當我再次拉開袋子，才發現裡面裝滿了時代的回音。白布袋有種說不出的

厚重，像是一段被塵土蒙蔽的歷史，輕飄飄地躺在地上，像等著誰去揭開它的秘密。

白布，總給人一種輕薄的霧感，半遮半掩，如同那些陳舊往事，隱隱約約，若即若離。爺爺對「白」這個字，總有說不清的感情。那條白色手帕，那位名叫「白」的女子，都像一層白霧，無論怎麼看，總有些看不清。嫲嫲對往事的是非冷暖，總是隨口便道，唯有提及「白」，語氣微微一滯，像有甚麼說不出口的隱衷。那無聲的沉默，像一層無法揭去的白布，輕輕覆在往事上，隔斷了真相。

直到後來，我才隱隱明白，那是個埋藏多年的秘密。嫲嫲偶爾說起往事，嘴角微微抽動，像有話要說，卻又終究壓下去。我慢慢懂得，「白」與嫲嫲之間，原來有著一種微妙的關係。每當想起，總是會心微笑，像是突然明白了甚麼，又說不清是甚麼。

社會的震盪，亦如城市籠上一層白霧，看似純淨，卻模糊了真實。那個時候，械劫與綁架如潮水般湧現，窮人無路可走，偶有倫常慘案，報紙上總是一筆帶過；在經濟的浪潮中，背後藏著人性的貪婪，在繁榮明亮的面孔下，藏著說不出的險惡。骯髒醜惡，在快速發展的包裝下，被蒙上一層白紗，乾淨得令人窒息，透不過氣。那種壓抑，像白布覆蓋油膩，光潔的表面，壓住了一切不堪，但總能看見一些端倪。

那一瞬間，我彷彿看見一個老人站在灣仔春園街的路旁，白襯衫鬆鬆地貼在身上，汗珠沿著鬢角滑落。春天的香港，濕熱中帶著舊街坊的人情味。他站在報館門口，手裡拿著一份剛印好的早報，油墨還沒乾，紙邊有點卷起。他的眼神專注，像在檢視甚麼，又像在等待甚麼。那一刹那，時光彷彿折疊，讓我看到他年輕時的影子。

記者爺爺

爺爺是十七歲那年從廣州漂洋過海來到香港。那是一九三四年的冬天，戰火席捲全國，他逃難似地離開，只帶著幾件破舊衣物和一本隨身的筆記本。那個冬天，戰火將廣州燒得焦黑，成群難民湧向香港。城市擠滿了無家可歸的人，難民營從山腳鋪到半山，寮屋像紙盒子般疊起。爺爺進了上環的一家報館，起初只是抄稿小工，經常熬到天亮。手上經常沾滿油漬，指甲縫裡夾著黑色的墨塵。後來因為文筆利落，慢慢轉為採訪，終於成了名副其實的記者。

日軍的陰影剛剛散去，貧民窟裡卻已經暗潮湧動。報紙每天都在報導街頭的械劫和綁架，還有倫常慘案。祖父跑社會新聞，時常與那些悍匪擦肩而過。報館裡的年輕人說：「你真是命大，次次都無事。」爺爺一面笑著，一面校正報道稿上的錯字，說：「命大？命粗啫。」

接下來的日子，社會開始恢復生氣，可是經濟起伏不定，尤其是那場經濟危機，像一場無聲的地震，將銀行系統搖晃得七零八落。銀號倒閉的消息傳來時，爺爺即時趕去提款，到場的時候，只見街道擠滿了憤怒的存戶。街邊的攤販嘀咕：「原來銀號也有倒閉的時候。」爺爺回家後悶坐一夜，向嫲嫲說道：「金錢帶來夢，夢醒便是噩夢。」

報館裡的人都稱爺爺做「權叔」，不是因為他年紀大，而是因為他總愛給人講大道理，說人生就像這張報紙，印好了就不能改，只有等明天再重來。

白布袋裡裝著他的手稿、報導、相簿、鐵盒、咭片和幾頁日記。手稿用泛黃的稿紙誠實地紀錄了香港數十年的變遷，報導文章上印著報社的標誌，字跡已經模糊。那本相簿裡，夾著幾張黑白照片，都是在灣仔拍的。鐵盒已生鏽，上面貼著一張泛白的名片：「余耀權，記者」。

爺爺的命運是從何時轉向的？是一九四一年日本佔領香港的那天？還是一九六五年股市崩盤的時刻？父親從不解釋，只說他後來變得話少，晚年像一個被時代排除在外的旁觀者，獨自活成一個結尾。

可那不是結尾。那是某種未竟的開始。

如今，那個白布袋仍靜靜躺在我書房一角。我已決定——要把它打開第二次，第三次，無數次，直到我在那堆泛黃稿紙、斑駁照片與銹跡鐵盒之中，看清楚那個時代的呼吸與節奏，看清楚他曾站過的街角、愛過的輪廓。

如果一切真如他所言，歷史不過是一場反覆發生的夢，那麼我，生在這個預製鋼筋與臉部辨識的年代，也許只是那夢裡的回聲。

✧ ✧ ✧

記憶中的爺爺，仍然停留在銅鑼灣還有民生小鋪的時代。小時候，每天爺爺都待在家門等我放學，校巴停在還沒有雙黃線的駱克道，見孫兒抵達了，他便帶著慈祥的笑容移步至校車門前，然後伸出大手，拖帶著我回家。有時候，爺爺還帶我逛崇光百貨，暢遊五樓玩具部，只要肯撒賴，我便可以帶著大大小小的戰利品回家，當然要承受嫲嫲的嘮叨：「還買嗎？還嫌家裡的玩具不夠多嗎？」

爺爺一概不理，還說：「小孩子嘛，當然要玩，人生得意須盡歡嘛。」然後對我說：「來來來！咱們一起來玩吧。」

每天晚上，爺爺等我把功課都做完了，溫習好了，便帶我落樓散步。那年的東角道仍有售賣影音、西服的商鋪，然而只有超級市場適合爺孫小逛，個子矮矮的我，穿過貨物砌成的不同形狀巨塔，絕對是嘖嘖稱奇，再看見「惠康牌」的紙包飲品居然以不足一元的價格，硬撼價錢高達超過兩元的大牌子飲料，這種莫明其妙的商戰成為我朝思暮想的課題。在匆匆短逛之後，總是會買一盒奶作為戰利品，邊走邊喝，那天晚上必睡得沉，一覺醒來便天光，或許是睡在爺爺的旁邊吧，閉上眼前是黑，張開眼後是光，根本沒有失眠的困擾。

每逢周末，我們一家常到美心皇宮大酒樓，那兒燈光偏暗，乘坐電梯去酒樓的途中，必須經過兩層猶如鬼域的樓層，橫越此地，總要提起勇氣。爺爺知我怕黑，解釋這兒原是碧麗宮夜總會，洋行大班在深夜光顧，總不能燈火通明。我努力地嘗試理解爺爺的解釋，但總不及他體貼地牽緊我，一個星期中最幸福的時刻莫過於此。

在點心車仍然流行的時期，人們習慣穿梭在點心車之間挑選美食，那時候人們毋須理會點心車前插上的食物牌，只須憑嗅覺，便能分辨出青椒的青蔥香、炒糕的火候氣息，以及蒸點透出的水汽，知道心頭好已經在不遠處，為了爭奪煎腸粉等充滿火候的珍品，不論男女老幼，一手從桌上奪去點心咭，便急著排隊輪候美點。這時候，爺爺總是拖著不爭氣的步伐，搖曳著懷胎八月般的肚腩，最終肯定會輸掉這場障礙賽，而我總是會發脾氣，怪責他怎麼會走得這麼慢，還說退休前曾經去「跑新聞」，大概只是說謊吧。

為了安撫眼前的頑童，爺爺會再一次拿出平生的絕學——素描，來一個畫餅充饑，於是便拿出點心紙，拿出鉛筆便來一個快速素描，趁我即將瘋得要大叫之前，一碟熱騰騰的煎腸粉便活現眼前，這刻的驚呆來自爺爺的筆觸既快而且傳神，細節如煙霧亦能顧及，在我仔細端詳的時候，爺爺又會再畫一些我期盼已久的玩具，包括黃金戰士、六神合體等，完全將注意力轉移到畫功之上。在我回過神來的時候，嫲嫲一早已經暗渡陳倉，將煎腸粉送到我的面前，平息了醞釀中的干戈。

✧ ✧ ✧

自從爺爺去世之後，一切記憶都隨年月變得模糊，直至嫲嫲翻出了遺物，舊日的生活片段從腦海的深處翻出、重現，猶如舊式錄像帶重播，即使影像模糊，但親情包容了回憶的煙霞。而翻閱這個留下的白布袋，讓爺爺彷彿如在目前，他的一生彷彿就經歷了許多大事，但作為孫兒的我卻懵然不知。

翻開第一疊的紙本，放在最頂的國民政府身分證明文件經已令我驚呆。震驚的地方，在於爺爺青年時的相貌，居然與青年時期的爸爸一模一樣，我立刻比較三代容貌，驚覺祖孫三人的相貌真的極度相似，難道臉大是逃不過的宿命嗎？

正當我為將來的容貌感到焦慮之際，嫲嫲對我說，這些遺物是爺爺一生的記錄，然後從我的手上拿走爺爺的國民政府身分證，翻開內頁，記錄了爺爺一家的姓名，嫲嫲指出，從前中國的文盲人數多，名字從簡，初一出生的叫初一，九月初九出的叫重九，不過太爺、爺爺及一眾叔伯公的取名都講究，雖不算是書香世代，但也算上過學，於是爺爺來到香港之後，便順利找到一份在報館的工作，直至退休。

嫲嫲一邊說的時候，她的手上還有兩、三張身分證，大概知道爺爺離開中國之後，便一直在香港生活，就連日佔時期也留在香港，至於爺爺為何要離鄉別井，嫲嫲直截了當地回應，打仗嘛，為了活命，誰也不想留下，誰知道何時家園會淪為戰場？

✧ ✧ ✧

這個白布袋，除了邊緣及角位因埋在床下底沾上污黑外，大抵通體潔白，嫲嫲抽出這個袋子、拿起，內裡的物品彷彿拼命要逃出來，薄薄的白布遮掩不了物品的輪廓，猶如變大了的叮噹百寶袋。

嫲嫲從白布袋拿出一張摺疊了多遍，早被蛀蝕了的素描，這條街不像是通衢大道，只是一條橫街，裡面絕大部分是兩層的建築，每座建築都有巨大的阿拉伯數目字作為標識，每座建築的門前都有一、兩位女性佇立，打扮得花枝招展，好像在等待著甚麼似的。

我問：「這兒是甚麼地方？」

「大冧巴◆，即灣仔春園街，妓寨林立的地方，你的爺爺在香港的第一個住處。」

◆ 冧巴，英文 number 音譯，意即數字，香港通俗語。

第一章・一九三四・下環

大冧巴

爺爺一路坐著火車來港，新界沿途青蔥翠綠，路軌兩旁都有大片的農地，風吹草低見牛羊，遼闊的地段，似乎家禽比人的數目還要多，爺爺後來才知道，這些地方分別叫上水、大埔、沙田，直至列車駛至油麻地站，農田的佔地突然減少，附近絕大多數是兩、三層的新式樓宇，還有零星的破舊寮屋穿插其中。再過一段時間，列車駛至九龍車站，附近的建築風格變得迥然不同，高聳入雲的鐘樓，古典歐陸風的迴廊，絡繹不絕的旅客，都紛紛在九龍車站下車。爺爺拿著一個藤編手提箱，沿著路牌的指示，前往天星碼頭轉乘小輪。

滔滔江水隔絕港島、九龍，只靠渡輪連繫南北，後來爺爺才知道這片水深港闊的水域稱為維多利亞港，它不僅容納渡輪、漁船，還可吞吐戰艦，一時間維港網羅了軍旅、漁夫及一般市民，似是龐雜但又井井有條。當渡輪泊岸之際，皇后像廣場教爺爺大開眼界，一座居中的女皇銅像傲視一切，旁邊的一眾銅像肅穆、威武，神態栩栩如生，遊走其中，仰視神色，不自覺地感受到一股壓力，深刻感受到強烈的殖民色彩。

爺爺翻開地圖，搜尋電車站的位置，才知道身處的地方叫「中環」，這兒絕大多數的建築都是四層，散發著強烈的古典氣息，若不是大批穿著白色長衫的華人穿梭其中，大概會認為自己身處彼邦。爺爺漫漫無目的地沿著干諾道的海旁行走，路上人流仍然不多。這時候，天星小輪讓波平如鏡的維港泛起波瀾，愈來愈多的苦力集結碼頭，起卸輪船貨物。人力車趁街上車輛稀少，拼命地拉著客人奔跑，期望可以多賺一點打賞。海旁酒店的陽台，一小部分旅客正在欣賞維港景緻。

稍作駐足之後，爺爺終於找到一條鋪設了軌道的大街，乘坐電車離開中環，向一個叫「灣仔」的地方進發。聽同鄉說，「灣仔」又稱「春園」，也是一個華洋交錯的地方，聽說大班會在一個三角水池上悠然泛舟，春園樓房依山而建，加上瀑布飛瀉，猶如走進了世外桃園，他一早從鄉里身上打探，這兒的房屋雖然狹小，但尚算清幽，若果決定短住，大概沒有問題。

下車後，爺爺按著地圖的指示，尋找春園街的位置，然而找了很久都一無所獲，灣仔的街道猶如人體血脈，縱橫交錯，雜亂無章，手提著笨重的藤箱，為免耽擱，便硬著頭皮問街坊。在一路搜尋的過程中，眼下的灣仔，只有一座又一座殘破的木樓，住在這兒的絕大部分都是平民百姓，既沒有歐陸風格的建築，又沒有洋婦在此處遛狗，路過「舢舨街」只見一處由三角構成的道路，不要說沒有水池，就連一棵樹也沒有，只見無數小販在擺地攤，污水經微斜的地台流向別處，開始懷疑所謂「泉水花園」其實從不存在，這兒大概只能算是「污水處理廠」而已。

終於抵達了「春園街」，一個教人摸不著頭腦的畫面活現眼前。

沒錯，這兒一下子便教人留下深刻印象，每座樓房的地下均有大而清晰的阿拉伯數字註明門牌號碼，最獨特之處，莫過於每座樓房的門前，均站著一位打扮妖豔的妙齡女郎，向路過的途人拋眉弄眼，搔首弄姿。唯獨正在街口賣糕餅的少年，絲毫不為所動，依然照舊擺檔。

「這兒是妓院嗎？」爺爺暗忖，然後立刻退到街角，看見街道牌揭示此地乃是如假包換的「春園街」之後，也不管眼前的景況，便按著手上的地址，強自鎮定，去找同鄉找來的旅店安歇休息。

突然，有人吹響了警笛，劃破了寧靜。

原來，有一名打扮妖冶的妓女，背後有三名大漢撐腰，齊集在「12」號樓房前，大吵大鬧。

那時，眾人一同望向女子，還以為嫖客不肯付賬。突然，一名臉色蒼白、體型瘦削的男士由樓房步出，雙方雖沒拳來腳往，但仍舌劍唇槍，引來大量街坊圍觀，一時靜謐的春園街，忽然變得熱鬧。

爺爺上樓的道路被阻，累得發瘋，便用藤箱充當椅子，一邊看好戲，一邊諦聽街坊評頭品足。這女子一邊高喊著要討回戒指，一邊怒斥負心漢見異思遷。

「你快還我戒指！」

「你是誰？快走！」

旁邊的街坊似乎看穿了一切，從二人的外貌大概猜到了大概。男的面無血色，臉容蒼白，卻眉清目秀，大抵是戲班的伶人。那時候，有一些戲班伶人專門騙色騙財，人稱「白板仔」，又叫「老舉湯丸」，不少妓女都被伶人騙去積蓄，誤了一生。

那名妓女見愛郎否認二人關係，立刻狗急跳牆，說：「你在裝傻嗎？好！你敢說不認得我嘛，那我們就一刀兩斷吧！」

怎料那位小白臉頭腦也轉得快，「既然一刀兩斷，你還不走幹啥？」同行的三名壯漢，見妓女說錯話，氣氛一時陷入尷尬。這時候，聚集在春園街的街坊愈來愈多，心想不必去戲棚，這兒便有好戲上演。

妓女萬分尷尬，於是盡地一煲（粵語「放手一搏」之意），威脅說：「你再不還我戒指的話，我就吹警笛啦！」此時，小白臉的身後閃出了一名新歡，情勢立刻火上加油。

此時，警笛聲再度響起，其他妓女都上前苦勸，不要影響無辜，妓女見此唯有趁警察到來前撤退。

一場鬧劇，令爺爺洞悉春園街租金便宜的原因。

爺爺見人群散去，猶豫片刻，若不先落腳，恐怕當晚要在街頭露宿，於是便大著膽子先住一晚再算。一如所料，那天晚上鄰房傳來聲聲入耳的「特效」，通過薄如紙的牆壁鑽進爺爺的耳內。既然睡不著，爺爺唯有將當天的趣聞寫成故事，還畫了幾張素描，打算賺些錢，補貼初來乍到的生活費。

一晚未眠，直至初晨，一切嘈雜回歸平靜，爺爺小睡片刻，醒來已是下午，便決定到處逛逛。下午的春園街，尚未見濃妝豔抹的妙齡姑娘，倒有一些身穿黑色禮服、手持厚重書本的人，到處嘗試與路過的街坊攀談。路口有一名青年正在卸下肩膊上的包袱，步履呈內八字的模樣，攤滿了一地雜貨，似乎打算在這兒擺賣。

這個稱為「灣仔」的地方，人家說緣於海岸有小灣，不過這兒只有一條稱為「海旁東」的長街，鋪了一條有如長蛇的電車軌道，北面絕大部分是清一色的建築，樓宇高度、設計幾乎完全一樣，唯有爺爺身處的和昌押，以對面的大型空地略有不同。那大片空地偶有攤販擺賣，然而熱鬧絕對不如南面的橫街陋巷。聽街坊說，電車軌以北的新樓宇，絕大部分是為了移居香港的華人而設，但有趣的是，有幾間日本人開設的商鋪穿插其間，看起來似乎不屬於這裡，但每天卻客似雲來。

走過了大半個社區，爺爺本來想順道尋找合適的床位，卻遍尋不獲，不是租貴，便是環境更惡劣，在徬徨之際，唯有返回春園街再作打算。

早上，沒有妓女盤據的春園街，仍然是一條陋巷，在這兒出入的絕大多數是街坊，衣著絕對說不上是光鮮，似乎更多的是貧苦階層。

這時候，有兩名穿著西服的男士，一位中年方臉，身體略胖，衣衫全黑，頸領纏上一條白帶；另一位年紀較輕，穿著白色恤衫，黑色西褲，身體瘦弱。二人均穿上黑皮鞋，手持一本黑皮紅邊的厚書，背面撐著一個掛著布條的支架，布條寫上六個字，可是位置太遠，加上有路人遮掩，墨跡脫落，看不清楚。二人熱切地向街坊主動攀談，他們的衣著及風度教人好奇。

「信耶穌，得水牛。」「耶穌是誰？竟然可以免費得水牛？」

在困惑之際，街口傳來一陣騷動聲，只見一名彪形大漢正在揪著一名青年，空氣中飛揚著大漢的唾沫，他怒髮衝冠，彷彿要殺死對方似的。無論旁邊的街坊，以及兩名穿著西服的男士，都似乎被大漢的聲勢壓倒，不敢貿然上前勸阻，較有膽色的，亦只敢在遠處張望。「誰給你膽子在這兒擺檔的！你瘋了嗎？」然後是一巴掌，摑得讓青年的嘴巴腫了，再摑，鮮血從口角慢慢地流出來。

青年的雙腳離地，大漢每摑一巴掌，讓他的腳尖暫時著地，賺得一點喘息空間。不過這樣下去，青年的性命堪虞。為了活命，青年不斷伸手到處亂摸，慢慢摸到他擺賣的蘋果，再多摸一會兒，摸到了蘋果旁邊的刀柄，爺爺預料，再過幾秒，一宗命案便會發生。

這時候，爺爺一個箭步，奪去了西服男子手上的黑皮紅書，對準彪形大漢的後腦一擲，單單此一舉動，已經震驚了街坊，「嘭」的聲響，令部分旁觀者嚇到目瞪口呆，另有一些小孩則不禁發出讚嘆之聲。力度之猛，令大漢的虎爪隨即鬆開，青年雙腳重回人間，當大漢轉過頭打算緝兇，另一位西服青年領著一名印籍警察跑來。

大漢的臉色由紅轉青，也顧不了追究，便立即拔足而逃。街坊見狀，一時反應不來，時間停頓了幾秒，便將臉轉向爺爺，對這個不怕死的陌生人評頭品足，一些人認為爺爺見義勇為，一些人認為爺爺即將大難臨頭。爺爺沒有細聽街坊的說話，只關心那名臉龐被摑得紅腫的青年。

「沒事吧？」

那名青年報以客套話，「沒事，謝謝」，向爺爺報以一個深深的鞠躬，便以他的八字步慢慢離去。那名穿西服的中年男人，也慢慢地邁開步伐，他並不打算撿拾丟在街上的黑皮紅書，反而拍一拍爺爺的肩膊，流露出認同的神色。另一名西服青年則稱讚爺爺的義舉。三人寒暄了好一段時間，原來這兩名西服男士分別是牧師及神學生，在春園街佈道，黑皮紅書原來是《聖經》。

往後幾天，那名西服青年如常在春園街路口拉開掛幅，爺爺總覺得這名男子不可思議，在這個三教九流的地方，膽敢在流氓、妓女及黑道並存的領域，身穿象徵純潔的白衣，在這個暗黑的角落向路過的街坊傳教，實在吃了豹子膽。

後來，爺爺便發覺自己以小人之心，度君子之腹。

路過掛幅的街坊，十中七八都向這位青年打招呼，有的還停下來寒喧。一名老街坊背負著一大袋重物，青年便二話不說的上前幫忙，還將檔口丟下不顧，一直伴隨對方抵達目的地之後，再返回原處繼續佈道。最有趣的是一名老翁特地來訪，談了一會兒後，青年便從掛幅後拿出扳手，似乎是要上門替人家維修。這位青年看起來更像春園街的靈魂，沒有了他，彷彿街坊們都沒了依靠似的。

爺爺決定要認識這位青年，便上前搭話。

「『信耶穌，得水牛』是甚麼意思？」

青年一臉愕然。

「你不是寫了『信耶穌，得水牛』嗎？」

青年聽罷失笑，說：「是『信耶穌，得永生』哦！」

爺爺仔細看著掛幅褪了色的字跡，原來「水」字上面還有一點，「牛」字下面還有一畫。

「你大概是近視吧。」

「甚麼是近視？」

「到我家裡來，我替你檢查吧。」

爺爺大讚那名青年是個好人，原來此人叫姜子彬，由中國大陸南下香港傳教。在言談之間，爺爺向姜子彬訴苦，說晚上鄰居傳來的男女交歡聲響，即使把雙耳塞住，聲音還是從四方八面湧入耳朵，躲無可躲。姜子彬聽罷，便邀請爺爺住在宿舍，那是教會為傳道人預備的地方，有時候也會接待無家可歸的人。

「那就恭敬不如從命了。」

翌日，爺爺就火速退房，然後再次挽著那大藤箱搬進姜子彬的宿舍。

天台上的喘息／莊士敦道之亂

來到單位前，爺爺便看到了一道不怎麼堅固的門，一張塑膠布覆蓋著門框，邊緣隨著空氣的流轉微微顫動，像是一道透明的屏障，卻無法真正隔絕內外。木板牆斑駁而粗糙，呈出深淺不一的木質紋理，彷彿是一張被生活反覆劃過的紙頁，卻無人願意解讀。

順著門的開口望去，房間內部光線昏黃，牆上貼著幾張花紋老舊的紙張，雖然已經變色，仍能依稀看出曾經的鮮豔，像是某種努力裝飾生活的痕跡。在這狹小的空間裡，私密與公開的界線並不明確。矮欄將房間的高度進一步壓縮，無論是門前的塑膠黑布，還是內部牆上的拼貼，都像作出一種抵抗，拒絕完全被吞沒在局促與沉悶之中。

「你先住在這兒吧！這房間暫時沒人住。」姜子彬鑽入了自己的房間，隔著一塊木板向爺爺喊話。這塊木板，是用來分隔房間的。

爺爺大喜過望，心想終於可以離開春園街了，便打算衝入姜子彬的房間道謝，卻驚見一位女子坐在一旁，正在面向鏡子打扮。此女子濃妝豔抹，一身旗袍突顯女性美，雖沒穿金戴銀，但眉清目秀，散發著莫名的魔力，像一個勾魂攝魄的女妖，向著路過的獵物招手。這位女子經明鏡的反射看到爺爺，臉上的笑容即時消失，並報以憤怒之色，嚇得爺爺馬上退出門外。

姜子彬見狀，立即打圓場，說：「她是我的妻子，慧蘭。」爺爺恍然大悟，也回應道：「阿嫂，你好。」然而，慧蘭勉強將嘴角上翹，似乎無論誰都可以看得出來，她在假笑。為免氣氛落入冰點，姜子彬便爽快地帶爺爺外出，讓空氣只凝結在房間之內。

宿舍的位置，面向灣仔的電車路，旁邊正是和昌押。在這兒出入，爺爺見盡人情冷暖，每逢夏天的時候，貧苦大眾會拿出棉被、棉襖前來典當，換取微薄的金錢來購買糧食以捱過饑餓，但並非每戶貧寒也可以跨越難關，每逢春節前的一段時間，偶爾都會有一家幾口來到當鋪跪求，奢望當鋪主人不收分毫退回衣服，更有些幻想債主是慈善家，請求免費歸還，其中少不免呼天搶地、痛哭流涕的場景，爺爺開始明白，人口稠密的地方，鬧劇幾乎每日上演，只要有人的地方，便會看見人情冷暖。

從前海旁東面向汪洋，遠望維多利亞港的景色雖然壯麗，但近觀海旁卻慘不忍睹，這兒一度傾注各種穢物，瀰漫著難以形容的惡臭，港英政府為了開拓土地，順勢解決衛生問題，便決定將這個小海灣填平，並且興建多幢住宅，聽說這項計劃原是安置中國難民，卻因緣際會下吸引不少日本人在這兒開鋪。

這些日本人開設的商鋪，並非位於維多利亞城中央的繁華地帶，它寂寞地位於電車軌道的旁邊，卻自有另一番風味。丸山商店的櫥窗上倒映著午後的陽光，隔壁的理髮店裡似乎傳出剃刀滑過鬢角的聲響。瓷器店裡，小碟子和瓷瓶井然有序地排列著，偶爾有穿著和服的女子推門而出，留下淡淡的胭脂香氣。書店內更有幾本新到的小說，被日裔青年們爭相傳閱。他們暫時忘卻與故國山川的距離，在書頁的文字裡，捕捉一絲屬於自己的精神故土。

每當夜幕低垂，加藤洋食店的門口亮起柔和的燈光，門外的地板上鋪著光滑而潔白的磁磚，讓來訪的客人宛如步入另一個世界。桌上的白色洋布透出整齊的褶皺，威士忌酒杯內琥珀色的液體輕輕晃動。屋外的電車「叮叮」之聲傳入耳朵，劃破了憂鬱與懷念。許多青年在此消磨著長夜，時而憂愁時而歡笑，流連於這裡獨有的日本氛圍之中。

而這片街區的日本餐館，如常盤亭、東京庵或山川洋食店，構成了異鄉人日常生活的點滴。他們端坐在榻榻米上，用筷子細細地品嘗眼前的佳餚，閒談間仍操著故鄉的語言，彷彿這片街區是他們在異域之地安置的一個家，臨時卻真實。他們帶來了日本的禮儀和飲食文化，也將之與當地華人居民的日常緊密相繫，彼此之間以一種微妙而互相尊重的方式共存著。

只有一些在店鋪外站著的日籍男子，他們不是店員，卻經常在街頭巷尾流連，令人費解。

九月二十三日，傍晚七時許，爺爺倚在灣仔海旁東的一棵老榕樹旁，看著工人將「海旁東」的街道名牌拆下，換上了「莊士敦道」新名稱，也趁機享受靜謐的氣氛。四下微涼，風吹草動，夾雜著低語聲和急促的腳步聲，一些暗湧從八面而至，卻搞不清是來自心底的不安，還是來自不遠處的呼喚。

就在片刻之間，從盧押道和柯布連道之間的空地上湧出一片黑壓壓的人影，他們神色激動、步伐紊亂，似是一道突如其來的狂潮般衝上莊士敦道。爺爺立刻站直身子，心跳不自覺地加快了。

這些人群很快散開，各自奔往莊士敦道兩旁那些亮著燈的日本商鋪。伴隨著憤怒的叫喊和斥罵聲，第一塊石頭就這樣破空而出，「砰」的一聲打破了飯田時計店的櫥窗玻璃。玻璃碎片如雨般落下，隨後而至的是接二連三的磚塊和石頭，它們在夜空中劃出凌亂而兇猛的弧線。爺爺甚至看見幾個年輕人衝到佐伯理髮店的門口，奮力砸開門上的玻璃，碎片像冰雪一樣鋪滿路面。

不遠處的山川洋食店內，幾名洋人水手驚慌失措地奪門而出，狼狽地奔逃進黑暗的小巷。有人尖叫，有人呼喊，更多的是義憤填膺的吶喊聲：

「打倒日本人！」「還我東北！」

爺爺站在樹影之間，看著那些平日裡安穩度日的街坊鄰居，此刻化身憤怒的暴民。他們有老有少，甚至還有婦人，她們舉起石塊，毫不猶豫地擲向日本商鋪的窗戶和招牌。一路往下，本田洋行、森德商店、伊藤商店……一時間，玻璃碎裂的聲音此起彼落，讓整個莊士敦道猶如戰場般混亂不堪。

一些日本人被華人追趕著，爺爺在電車路上突然看見了一個熟悉的身影，一名青年正在竭力的奔跑，從莊士敦道一直向東跑，然後突然轉入春園街口，八字形的步法，讓爺爺看得出那是在春園街擺檔的男子。原本爺爺打算袖手旁觀，此刻他猜到了青年的身分，便立刻追趕上去，青年感覺到後面還有人追趕，更使勁發力拔足奔逃，此刻的爺爺便不顧一切，高喊：「我是來救你的！」

青年彷彿從語氣中感到善意，便慢慢的停下來，這時候後來居上的爺爺便一把將青年的衣領抓住，拉到其中一座樓宇，然後催促他直奔天台，在通往天台的門內暫避。灣仔樓宇的高度大多相同，大門不設任何守衛，梯間、天台缺乏照明，成為一些道友、盜賊的藏身之所，這晚爺爺便將計就計，拯救青年的生命。

在燈火微弱之下，爺爺這才發現，青年已經頭破血流，幸好傷得不重，估計眼前大概二十出頭的少年，絕對有可能是日本人，心想這也不必再問，他被追趕、他的傷勢，已是足夠的證明。

「我們先留在這兒吧。」

「嗯。」

青年依舊沉默寡言。

從天台俯瞰，數十名警察疾奔而來，一眾華人四散流竄，瞬即如潮水般退去，僅剩滿地狼藉與破碎的商店櫥窗，在微弱的路燈下閃著淒涼的微光。

過了好一段時間，爺爺見街上回復沉寂，民居內的議論亦逐漸平息之後，便領著青年返回他的居所。爺爺趁著記憶猶新，便問青年借來紙筆，用文字記錄當晚的見聞，還繪畫了幾張素描，打算借著這個的機會毛遂自薦，然後趁著夜深，送到上環的報社。

來到報社門口，爺爺叩門求見，強調手上有獨家秘聞。編輯見狀，不敢待慢，連忙向老闆通報。不多久，一位睡眼惺忪的老總，一臉不情願地來見這位白撞的人，直到他看見了爺爺的素描，便開始清醒起來；看見了爺爺的報導，更撐開了即將閉合的雙眼。「好啊！」便同意買下這篇報導，還說報館剛好有一個空缺，於是爺爺便在因緣際會之下，開始了在報館的工作。

雙面人

過了一個漫長的夜晚，在黎明拂曉之時，爺爺回到宿舍，小心翼翼推開了樓層的大門，免得驚醒同層的其他房客，可是生了鏽的門鉸還是不爭氣地發出了聲響——不過這一番的小心翼翼也是徒然，一句怒轟掩沒了推門聲：「我受夠了！」或許其他住客聽不到這句埋怨，但清醒的爺爺卻聽在耳裡。

「我不願再受苦，你明白嗎？」

爺爺估計聲音由姜子彬的房間傳出，然後又有一輪對話，不過聲音強行壓低了，一切都聽不清楚，為免尷尬，決定暫時前往天台休息。

在天台張望，電車軌前有一處廣大的空地，一些小販在這兒擺賣，有些兒童在這兒玩耍，還有一些街坊在散步，遠處的維多利亞港遼闊壯麗，容納戰艦、貨船、帆船、渡輪及小艇等，海納百川，只需港島與九龍之間的距離，便可將全世界的美好歸入香港名下，似乎一直在中國大陸聽到的傳說，所言非虛，香港真是一塊福地，難怪所有來港的難民都想擺脫貧窮，奢望非富則貴。

待了一會兒，爺爺猜想大概甚麼都結束了，便打算返回居所，怎料一堆住客卻將姜子彬的房間團團圍住。

「這麼多年了，當初不是要來過新生活嗎？我們的生活不單沒有好過，還要住在這種地方！」

「你別這樣吧，好嗎？」

「我們的錢都花光了，你還說要去大陸讀神學嗎？哈，這是甚麼笑話？」

「我們來香港不是為了過富貴的日子，對嗎？」

「但我們也不是來捱窮啊！」

說罷，慧蘭便拂袖離去。

姜子彬無話可說，圍觀的鄰居也不敢發言，只稍稍露出訝異、鄙夷的神色，爺爺心裡有數，這麼好的男子，竟然得不到妻子的體諒，還要利字當頭，在眾多鄰居面前數落丈夫。在這個尷尬時刻，爺爺既不可以，也不可能說些甚麼話。過了一會兒，姜子彬離開房間上廁所，爺爺抓緊機會上前打算鼓勵一番。

「子彬兄，沒事吧？」

「沒事。」

爺爺拍一拍對方的膊頭，姜子彬只有滿臉愁容。

過了好幾天，姜子彬已經失去了平日的風采，日夕守著房間，盼待妻子歸來。然而，事與願違，日子過去，姜子彬依然等不到慧蘭的消息，偶爾出門，每一次回來，臉容總比出門前再憔悴一點。直至一天，爺爺正打算外出上班的時候，恰巧遇上了拿著粗繩、工具的姜子彬，以為他收拾了心情，再度為街坊維修吧，爺爺向他打招呼，他只以背影作為回應。

爺爺在報館的工作忙得不可開交，不僅要撰稿，還要跑新聞。在沒有相機的年代，不親自前往事發現場，幾乎不可能以文字還原當時的面貌。這次爺爺的任務，是代替一名記者，火速前往上環採訪一宗兇殺案，為了速度，報社特准爺爺僱用人力車，要求掌握原汁原味的內容，提升報紙銷量。

上環是一個華人社區，人口稠密堪稱世界之冠，若不是一八九四年鼠疫為患，港英政府決定鏟平太平山區，否則仍是一個人豬同住的地方。不過，這兒的華人大多是貧苦階層，絕少是富裕人士。

在警方安排下，爺爺得以近距離觀察案發現場。這是一個狹小的出租房間，空間逼仄，燈光昏暗，僅容簡單的家具擺設。

房間內，兩具屍體橫陳，血跡遍布地面。床上的女死者上半身伏地，雙腿曲起，一雙手仍呈現出臨死前的掙扎姿勢，臉部朝向牆壁，似乎在生命最後一刻曾試圖躲避攻擊，身上多處刀傷，血跡浸染床面。

而另一具男性屍體則倒臥在床鋪旁的地板上，身體呈現扭曲狀態，胸口與腹部多處遭利刃刺穿，鮮血從創口溢流至地磚之間，已凝固成啡色。屍體四肢伸展，右手微微抬起，彷彿在臨死前曾一度掙扎，然而兇手手段兇狠，讓死者無從逃脫。

兇案現場並無太多家具損毀，僅有房門因外力被破壞，房內雜物仍然整齊，唯獨桌面上有幾個傾倒的罐子，顯示命案發生時，屋內的秩序曾被瞬間打破。

警方法醫於案發現場進行初步檢驗，證實兩名死者均被刀傷致命，兇器疑為利刃，推測為兇手事先準備的行兇工具。根據檢驗結果，女死者左胸及腹部中刀兩處，血流不止，估計在短時間內便已氣絕。至於男死者的傷勢則更為嚴重，身上至少有四處刀傷，其中一刀直接刺穿左胸，導致大量內出血，當場死亡。

「從死者的創傷形狀與分佈來看，兇手行兇時情緒極為激動，刀刀致命，顯示出報復性極強的殺意。」法醫透露，死者被殺時並無任何防禦性創傷，意味著當時他們可能毫無防備，或者案發時兇手出手極快，讓他們無法作出任何有效抵抗。

爺爺迅速為案發現場畫了幾張素描，寫了一篇長稿送到報社之後，獲得社長稱讚，要他轉為正式的記者，他大喜過望，稍為慶祝之後，返回居所。

此時，宿舍內人聲鼎沸，門外聚集了許多鄰居，七嘴八舌地議論著。「想不到，他竟會殺人！」「這麼虔誠的人，為何會這樣？」爺爺還沒搞清楚狀況，便見警察正押著一個人經過走廊。當他抬起頭，看清楚那名囚犯的臉時，整個人驚呆了。

是姜子彬。

他低著頭，神情呆滯。爺爺心頭一震，腦中浮現的是以前姜子彬溫和的微笑，還有他為人正直、樂於助人的形象。他怎麼可能殺人？為何會突然成為兇手？

神學青年情殺案

油麻地加士居道的九龍巡理府，大清早便堆滿了前來聽審的人群，爺爺為了確保順利入座，清晨已在門外靜候。未幾，聽審人數漸多，要勞動警察維持秩序。法院的花崗岩石建材、愛奧尼柱式的典雅設計，與一般庶民的平凡裝束大異其趣。

不少聽審者初次踏入法庭，根本不曉得須有禮儀。開庭前，一位婦人發出響亮喉音，痰涎在在喉嚨滾動，蓄勢待發，然後一記吐射在木地板上。警員見狀立即上前逮捕，婦人當下嚇得全身顫抖，面無人色。在場庭警提醒聽審人士，切勿喧嘩、吐痰，否則不僅逐出法庭，並須繳交罰款。

這時候，全場人士均目送婦人離去。而爺爺的目光，卻集中姜子彬身上。

主控官先宣讀案情，揭露了姜子彬兩夫婦鮮為人知的往事。

清晨時分，一名男子姜子彬，由上環東街二號四樓爬出，緣繩而下，落點正中「興記木屐店」的木箱。店東被驚醒後，立即奪門而出，斥責男子擾人清夢。未幾，店內其他職員都跑到店外，打算嚴陣以待。

該名男子見被包圍，頓感驚惶，立即以手掩面，防止被人認出，但恐怕奪路狂奔，便會遇上警察，於是情急之下，便拉著繩子，用盡全身氣力，期望向上攀援逃走，一班木屐店夥以為瘋漢玩雜耍，便按兵不動，靜觀其變。

拉著繩子的他，不斷淩空攀援，卻似拉牛上樹，進度緩慢。這時候，木屐店的眾人目不轉睛地看著，料定瘋子難有寸進。男子懸空看著一眾店員，醒覺必須掩著廬山真面目，於是一下鬆手，便由一樓下墜。

男子的下墜點，碰巧是矮牆上的尖籬笆，手腳均傷，倒臥天井。雖然痛極，鮮血不斷流出，但他還是急忙經屋後小巷向內街奔逃。可是，由於傷重痛極，他最終還是倒臥大街，不能動彈。碰巧一名巡邏英籍警員路過，便上前查問究竟，男子回應是：

「家中失火了，我迫於無奈便跳下來了。」

巡邏英警抬頭張望，發現並無火警，便覺這名男子極度可疑，便將之押往警署調查，得知了姜子彬的姓名。盤問期間，一名少年衝入警署，高喊：「殺人啊！我要報案！」如是者不斷聲嘶力竭地呼喊，在場當值警員均喝令其冷靜。

少年原本嘗試冷靜，怎料那名被捕的男子回過頭來，兩人四目交投，少年的反應便再一次激烈起來，立即指著說：

「就是此人，殺了我的哥哥！」

此刻，巡邏英警才知道，姜子彬是殺人兇手。

警署聞報，立即派遣大隊警員，前往上環東街二號四樓調查。該層住了多戶，房門早被爆破，有二人倒臥血泊。女屍伏於床上，男屍倒臥地下，兩人赤裸，身上皆有刺傷，內衣、短褲俱在床後，死狀恐怖。

房中佈置，則非常簡單，傢俱雖簡陋，但款式新穎，估計新購入不久，推斷男女死者遷入時間尚短。警方下令攝影記錄死者遺骸，並將所有傢俱、雜物送往警署存案，姜子彬則送往醫院治療，然後落案調查。

證物呈堂期間，探員在案發單位找到了一張照片。男死者嚴進，皮膚黝黑、體格壯健，外型俊俏。女死者姜慧蘭，束短直髮、短鼻深目，貌甚文雅。

姜子彬、姜慧蘭在鄉間結婚，男的辛勤工作，女的打點家務，日子還算過得去。然而，隨著中國兵荒馬亂，生活朝不保夕，兩口子決意來港碰碰運氣。遷居香港後，姜子彬繼續打拼，姜慧蘭卻見識了香港紙醉金迷的生活，見異思遷，似乎成為了情殺案的動機。

嚴進的出現，令她怦然心動，這人打扮時髦、談吐幽默、為人上進，實在令人難以抗拒。英俊的青年，遇上了寂寞難耐的女子，姜慧蘭立即移情別戀，並且與他同居。某天，姜子彬回家後，驚見妻子發難出走，在明查暗訪後，得知愛人蟬過別枝，腦中一片空白，然後感到懊惱，繼而憤怒難當，準備興師問罪。

姜子彬闖入姦夫的巢穴，只見長得肥胖的房東一打開門，看到眼前人一副落泊書生的模樣，便不耐煩問他有何貴幹。由於姜子彬能講得出姜慧蘭的名字，房東覺得並非白撞，便高喊姜慧蘭出來應門。

未幾，姜慧蘭由尾房探出頭來，看到是姜子彬，大感訝異，迫不得已走到大門前壓低聲線，姜子彬欲言又止，姜慧蘭則面帶不悅。未幾，二人前後腳進入尾房，丈夫、太太及姦夫，三人共聚斗室，場面尷尬。這時候，嚴進的弟弟，十八歲的嚴喜好奇，便將耳朵貼在門外，潛聽來龍去脈。

「為何搶走我的太太？」

嚴進閉口不言。

「求你離開慧蘭吧。」

嚴進默然不應。

嚴進似乎不怕姜子彬會帶走女伴，站在房內叉手，紋絲不動。姜子彬不得要領，便將視線轉向妻子。

「為何你要跟他走？」

「病了沒人照顧，死了也沒人知道，你教我如何活下去？」

嚴進見姜慧蘭哭泣，護花心切，作勢欲打姜子彬。姜慧蘭見場面愈來愈尷尬，便急忙大喊：「夠啦！」姜子彬知悉情已逝，但仍然拋出一個愚蠢問題：

「跟我走，好嗎？」

姜慧蘭不語。

嚴進不耐煩，便去廚房預備早餐。門外的嚴喜始料不及，差點跌

姜子彬作案現場。

倒，被哥哥厲色一瞪，嚇得只好乖乖地一同離開房間。姜子彬繼續哀求，姜慧蘭繼續冷言冷語，嚴進成竹在胸，專心預備早點。

不久，嚴進回到尾房，在姜子彬面前打開摺檯。嚴喜及姜慧蘭各自入座、起筷，一幅融洽家庭模樣。姜子彬見狀，既不甘心空手離去，也沒有勇氣爭持，一時找不到自己的位置，唯有經窗戶望向旁邊的樓宇，原來是一座新落成的空樓。這時候，嚴喜不識相的說：

「不如一起吃早餐吧？」

姜子彬自卑心作祟，還以為主家下逐客令，於是奪門而去。

他無處可去，甚至不確定自己該往何方，內心彷彿有一把刀，不斷地劃開千瘡百孔的靈魂。剛剛還在一起的妻子，如今卻在另一個男人的家中，而他，卻像條無家可歸的狗。

他走過碼頭，眼前是一片漆黑的大海，海浪輕輕拍打著岸邊，帶來一絲寒意。站在碼頭邊緣，低頭看著腳下的水流，彷彿能將一切吞沒。他的喉嚨發緊，心中閃過一個念頭：「如果跳下去，一切就都結束了。」

這不是第一次，他曾經無數次幻想過自己的終結。從前，他是虔誠的基督徒，相信人世仍有希望。但現在，彷彿在人間已無處可逃。

他的心跳加快了一拍，胸口隱隱發熱——如果從這裡跳下去，便能徹底終結這場痛苦。他的雙腿開始顫抖，不是因為害怕，而是因為一種無可言喻的輕盈感——一種即將解脫的輕盈感。他慢慢地向前走，彷彿下一刻就要邁出最後一步。

可是，就在他踏前之際，腦海中突然閃過她的身影——不是那個冷漠無情的女子，而是當年嫁給他的姑娘。他記得新婚那晚，燭光映照著她的臉龐，她笑得靦腆而甜美，她曾經是整個世界，現在卻成了最沉重的詛咒。

他猛然睜開眼，額頭滲出冷汗。

「不——這樣死了，太便宜她了。」

姜子彬的心中燃起一絲火燄，一種比絕望更強烈的情感。他要讓她看到自己是如何絕望地死去，他要讓她的良心承受永世無法償還的折

磨。他要在她與姦夫面前自盡，讓這副血肉之軀成為她們一生的夢魘。

他深吸一口氣，轉身消失在黑暗的街道中，向著她的住處走去。他的步伐不再遲疑，因為他已經做出了最後的決定。

他停在一條無人小巷，目光落在腳邊的排水溝，然後緩緩抬頭，望向一棟新落成的四層樓宇。

自殺的機會只有一次，為了讓他們的姦情蒙上不可磨滅的陰影，姜子彬決定上演一場轟烈的好戲。他要確保不被阻撓，自殺過程要被清楚看見，於是想到了先潛入大廈天台，然後游繩而下，再敲窗驚醒姦夫淫婦，再割繩墜下，死在他們面前。

「從四樓跌落地下，大概可以死掉。」姜子彬暗忖。

午夜時分，姜子彬帶同粗繩、刀子，先抵達東街二號，然後潛入大廈天台，原來二號與四號之間，只有一塊簡陋的鐵絲網。姜子彬先將繩子綁緊在兩條柱上，謹慎地跨出了身子，稍為鬆手，不需半秒的時間，已由天台降落至四樓範圍。

姜子彬案，姜慧蘭與嚴進合照。

可是，眼前的一切，打消了姜子彬自殺的念頭。

他看到一對裸體男女，在床上纏綿溫存。二人的衣物，散落在床沿，似乎是激情之後。女的百般溫柔，右手放在男伴的胸上，輕聲耳語。男方更是一絲不掛，那萬惡之源仍在亢奮的狀態。眼前的女子，實在太陌生，突然萌發的憤怒，姜子彬也想不到原因，或許這種溫柔，連自己也從沒有見過。

姜子彬一下使勁，由外牆跳入屋內，然後立即從腰間拔出刀子，跳上鴛鴦床，姜慧蘭來不及反應，只得驚叫，左胸早被連環插了兩刀。在旁的嚴進，無法抵抗姜子彬的蠻力，左胸亦中兩刀。姜子彬見二人血染房間，驚悉大錯已成，便打算從窗戶游繩逃去。此時，嚴進仍然清醒，便上前糾纏，最終力盡，倒地不起。

嚴喜等人聽見房內有人驚呼，便猛力叩門。在一輪耽擱下，姜子彬已逃之夭夭。

姜子彬攀出窗外，緣繩而下，由於力度過猛，踩中「興記木屐店」

的木箱，鋪內居民聞聲斥責。姜子彬無法可施，欲緣繩重返天台，可惜雙手拿繩，無法遮掩面目，驚慌之下失手跌落籬笆圍，手腳被竹籬刺傷，只得由後門沿小巷速逃，終因痛極不能動彈，被英警發現，並帶署助查。

嚴喜跑向警署報案室，遇上姜子彬，大為激動。落口供期間嚴喜訴說道，原來嚴氏兄弟為南洋華僑，頗有家財，因經濟環境欠佳，無法大展拳腳，便留在香港等待時機。由於嚴進相貌英偉，胸懷大志，姜慧蘭一見傾心，便將姜子彬棄如敝屣。二人死前數天，嚴進還打算帶愛人返回南洋，商談婚事，卻不知姜慧蘭的父親已來港尋覓女兒。

九龍巡理府內，繼續審理姜子彬案。法官向陪審員提出，若有證據指出姜子彬及女死者姜慧蘭曾經結婚，則有足夠理由相信姜子彬因盛怒殺人，可改判「誤殺」。若無法證明二人曾經結婚，則應判為謀殺。

控辯雙方繼續盤問證人。旁聽席上有一名神職人員，方臉、方框眼鏡，穿著牧師袍，戴領巾，神色凝重地諦聽聆訊過程。爺爺認得，這是當初在春園街遇上，領纏白帶且與姜子彬同行的牧師。

第一名證人叫姜秀，是姜子彬的兄長。他指出，弟弟與姜慧蘭早於鄉下拜堂成親。根據《大清律例》，丈夫一旦發現妻子通姦，即可格殺勿論。然而，控方卻指出二人成婚既沒有文書證明，也沒有他人作證，倘若信口開河，搬出《大清法例》便可合法殺人，等同變相鼓勵濫用私刑。控方振振有詞，姜秀聽罷極為激動，立即脫口而出：

「弟弟是冤枉的，你究竟有何居心？」

法官厲色，再次用木槌敲檯，勒令姜秀冷靜。控方律師咀角上揚，似乎志在必得。這時候，辯方律師輕托黑色粗框眼鏡，已禿的頭頂反射幾分油光，穿著黑色外套，淺灰色西褲，輕抿著嘴，拿起身旁的拐杖輔助站立。稍為定神後，站起身向法官要求再次傳召證人。

一位老翁緩緩步進證人欄，場內的一把大風扇，將他身上的氣味吹向法庭的每一個角落，大部分在場人士都很清楚，這是中藥的氣味。待老翁坐穩後，便問：

「老伯，請報上名字。」

「我叫姜正順。」

「姜慧蘭與你有甚麼關係？」

「她是我的女兒。」

在場人士無不感到驚訝，辯方居然如此神通廣大，在地大物博的中國，居然找到了姜慧蘭的爸爸，即使由廣州坐船來港，起碼也要花上三小時。「啪啪啪！」法官再次敲響手中的法槌。

辯方律師繼續盤問。

「姜慧蘭在鄉下有結婚嗎？」

「有。」

「跟誰結婚？」

「姜子彬。」

旁聽欄又激起一連串驚訝聲音。

在場頓時一片譁然，辯方不僅找到重要證人，而且還提供了如此有力的證據。姜子彬與姜慧蘭，竟然真的在鄉間拜了堂、成了親。

「姜慧蘭到香港定居之後，你們還有繼續聯絡嗎？」

「有，每次慧蘭都說生活捉襟見肘，真不明白為何要到香港去。」

辯方律師語氣沉重地指出姜慧蘭早在鄉下成親，但不料到了香港之後，竟遇上了嚴進，從此撇下了打算繼續讀神學的姜子彬。髮妻紅杏出牆，對於姜子彬來說，實屬極大恥辱，加上撞破二人裸體纏綿，在怒極下殺掉二人，應當從輕法落。

「大概會判終身監禁吧。」爺爺的心裡堵得發悶，像是壓了一塊巨石。回想起初見姜子彬，那張帶著些許羞澀卻真摯的笑容，還有他那副略顯笨拙卻總是不辭辛勞為街坊服務的模樣，爺爺實在想不明白，命運為甚麼要對這樣善良的人如此苛刻。他的心像是被人勒緊了似的，喘不過氣。此刻，腦海中不斷浮現姜子彬那日站在宿舍門前落寞、孤寂的背影，彷彿整個世界的悲涼都集中在了他的身上。

姜子彬並不是壞人，爺爺心中如此篤定。他只是人生遇到了難以跨越的困境——妻子的背叛，以及對未來的絕望。爺爺甚至開始想，倘若當時慧蘭願意稍微體諒丈夫的苦心，是否就能避免一切悲劇？然而，每個人的命運交錯盤纏，誰又能輕易解開這團糾結的線？

爺爺回憶著姜子彬如何收留他入住，如何真誠地邀請他一同用膳，如何在自己遇到麻煩時挺身而出。那時候的姜子彬，多麼溫柔體貼。他總是無私地付出，從未奢求回報，或許這正是他最終無法承受背叛的原因。因為他善良、因為他對人太好，才會在絕望與背叛之下做出了最壞的選擇。爺爺默默祈求上天能夠垂憐，讓這個不幸的青年免於一死，給他一個重生的機會。人總會犯錯，但有的人錯得可以被原諒，姜子彬絕對值得再被給予一次機會。他的心裡不斷地吶喊：姜子彬不是壞人，他只是太可憐了。

不過，法官另有看法。

法官指出，香港是大英帝國屬土，絕不可能只用《大清律例》判案。無論姜慧蘭與人通姦，又或姜子彬怒極殺人，關鍵取決於行兇動機。姜子彬事前帶備利刀，明顯屬蓄意謀殺，殺人動機無庸置疑。

然後，法官向陪審團指示，若將姜子彬列為誤殺，首先須證明二人為西方法律上的夫妻，其次證明姜子彬並非蓄意殺人。

辯方律師聽到這裡，不禁搖頭；姜子彬聞訊，腦中一片空白。旁聽席上的牧師，眉頭緊皺。

陪審團退庭僅五分鐘，便向法官匯報陪審員一致同意，認定姜子彬謀殺姜慧蘭及嚴進。這時候，法官頭戴黑冠，宣布判處姜子彬死刑，並指出先還押獄中，再由專車解赴刑場，以繩繫頸，直至氣絕身亡為止。

姜子彬的臉色突然變得蒼白，失神，那雙曾經明亮的眼睛，如今早已蒙上了一層無法擦拭的陰霾，原本抓住犯人欄的十指，在獄警的虎爪撥弄下，亦無力地鬆開，返回死囚的監倉去。

罪與罰

那位頸戴領巾的牧師聽罷判決後不禁搖頭嘆息，心中一片茫然。他返回教會辦公室，獨自沉思拯救姜子彬的方法。

他想起了英美等民主國家，通過公民聯署來達致目的的案例，而香港過往也曾經有過聯署，包括要求當局不要出售皇后像廣場附近地皮、煞停七姊妹填海並保留泳棚等事蹟。兩年前，富家子弟鄭國有謀殺案發生時，過百名香港紳商亦曾經聯署請求赦免死刑，可見香港動用公民力量並非只有一次，早有先例。

然而，他的思緒飄到了過往，想起何明華會督曾經請求政府廢除死刑的往事，洋人及教會人士多表支持，但華人的反應則非常冷淡，令他記憶猶新。若果發動聯署求赦姜子彬，這次有望獲得香港社會的廣泛支持嗎？這時候，他路過彌敦道的報紙檔，便從褲袋掏出三枚港幣一仙。

「李牧師，今日還沒有買報紙嗎？」

「還沒有。」

「多送一份給你吧！」

「多謝。」

李求恩一看晚報大字標題《香港應廢除死刑》，心中一動，決定放手一搏。

當晚，他火速前往天星碼頭，乘坐渡輪過海，再沿山而上抵達中環會督府，徵得何明華會督的許可後，然後立即回家草擬請願書，開始爭取教會中人簽名支持，又游說各大百貨公司管理層，在當眼處擺放簽名冊，期望集合社會力量，懇求港督赦免姜子彬。

請願書設中英雙語，指出姜子彬與姜慧蘭早於鄉間拜堂成親，二人抵港生活不久，其妻卻與姦夫嚴進共賦同居。姜子彬與嚴進交涉，卻遭白眼，在姦夫淫婦面前企圖自殺之際，卻見二人在床上裸體橫陳，盛怒將二人刺殺。

根據《大清律例》，若親夫見妻妾有犯姦行為，即可格殺勿論。而姜子彬承認被憤怒衝昏頭腦，故殺二人，坦白承認犯罪，態度誠懇，加上其情可憫，實應考慮改判終身監禁。

《聖經》強調不可殺人，李求恩恐怕此舉會導人誤會，傳媒的解說顯得極之重要，因此，李牧師便找上爺爺，有望借助傳媒之力量，不論華洋、國籍，都聯署支持港英政府赦免姜之彬。

「姜子彬是基督徒，這就是營救的原因嗎？」

「就算不是基督徒，我們亦應該施以援手，否則犯人死掉就沒有改過的機會了。」

「你認為姜子彬不應該判處死刑，為甚麼？」

「平心而論，若任何人看見自己妻子與他人裸睡，必定悲憤欲絕，姜子彬動了殺機，雖有犯錯，但判死並不能令他改過。」

「一些基督徒也支持判死，你怎樣看？」

「一些教徒同樣會以『愛你的敵人』、『不要以惡報惡』來反對執行死刑，這就是我們的立場。」

姜子彬的故事，逐漸搏得普羅大眾的同情。除百貨公司外，戲院、商店均擺放了簽名冊，短短數天匯集超過九千一百個簽名。定例局議員羅旭龢、曹善允及周埈年知悉事件後，亦特別聯名致函港督貝璐爵士，要求考慮免去姜子彬死刑。

港督貝璐爵士的辦公桌上，鋪滿了由秘書送來的文件，包括官商巨賈的求情信、香港教區的信函及華洋市民的簽名等。貝璐了解案情的來龍去脈後，覺得其情可憫，於是便致函英國殖民地部，要求赦去姜子彬死刑。

姜子彬在獄中得悉特赦後，便喜極而泣，決定修心養性，繼續專研《聖經》，學習英文排版，為社會略盡綿力。日本佔領香港前夕，港英政府釋放監禁囚犯，自此姜子彬下落如何，已無人知曉。

爺爺每次回想起姜子彬的案子，心中總是充滿無限感慨，五味雜陳。那是一段遙遠而傷感的過去，卻如同深深烙印在他心上的一道疤痕，儘管時間已經過去了幾十年，但每當提起，仍然會湧起無數問題與感觸。

在爺爺的眼裡，姜子彬一直是個善良、純樸且值得尊敬的人。那段初到香港的日子，他從未忘記，當年自己初來香港，人生路不熟，若非姜子彬主動伸出援手，邀請他入住宿舍，恐怕他早已流浪街頭，甚至誤入歧途。在那段春園街的日子裡，爺爺親眼見證姜子彬為街坊奔走，毫不吝惜自己的時間與體力，幫助每一個需要幫助的人。在爺爺心中，姜子彬不僅是朋友，更像是一位兄長。他那份溫柔善良，以及毫不猶豫挺身而出的正義感，給爺爺留下了深刻印象。

因此，當後來姜子彬被控謀殺時，爺爺內心受到了巨大衝擊，幾乎無法相信這個消息。他親自聽完法庭上的審訊細節，內心更加矛盾掙扎。一方面，爺爺無法接受這位善良朋友竟然做出如此暴烈的舉動；但另一方面，他卻又能夠深切理解，正是姜子彬這種善良與執著，才導致他無法承受背叛所帶來的痛苦。他的所作所為雖觸犯法律，但從人情世故上，又實在令人同情。

這次經歷，讓爺爺反思人性與命運的無常。人生總是複雜無比，有時一個錯誤的決定、一個難以控制的情緒，就足以摧毀一個人原本平凡而美好的生命。姜子彬當初只是因為愛著妻子、盼望著未來，才毅然到香港謀生。他做夢也沒想到，妻子竟會離他而去，徹底摧毀了他的精神世界。他原本是一個虔誠而善良的基督徒，一夜之間卻成了殺人犯，甚至面臨生死裁決。這一切的一切，彷彿都是命運安排的殘酷考驗。

爺爺每次想起這事，總是感嘆生命何其輕賤，輕賤得只需一紙判詞、一條法例，便可魂斷絞台。若只談法理，不顧人情，不理那深埋在精神、血肉的苦楚，姜子彬便註定魂斷監獄。幸好，那年代還有那麼一點點人性，一點點對芸芸眾生的惻隱之心，才讓聯署的墨跡化成一線生機，將死因從鬼門關拉回來。人命，有時比一片白布來得更輕薄，有時卻也比磐石更沉重，重得足以敲醒麻木的良知，讓素不相識的人也願意略盡綿力，拯救失喪的靈魂。

✧ ✧ ✧

嫲嫲繼續整理白布袋內的「文物」。

看著嫲嫲臂上的疤痕，從它的大小、色澤來看，我肯定這片印記，原來只有一小塊，後來是嫲嫲發胖了，俗語有云：「肥肉橫生」，疤痕也隨年月向橫擴張，變得像一塊拉扯得要斷開的膠布一樣，煞是好笑。

白布袋潛藏了大批紙本「文物」，從色澤揭示了它的年月，泥黃的紙本相信超過了半個世紀的歷史，其中一張是屬於爺爺的身分證，記錄了他的原居地、香港居所、職業及姓名等，還有標註「昭和」的字樣，由香港佔領地總督部警察總局長簽發。照片中的爺爺，瘦得可憐，與後來的圓胖實在有天淵之別。若非有名有姓，簡直教人難以置信。

「為甚麼爺爺這麼瘦？」

「淪陷時期，沒有餓死已經算走運了。」

「為何爺爺要留在香港？」

「或者他覺得……既不能回鄉，也無法出國，唯有聽天由命吧。」

第二章：一九四二・香港

香港淪陷

爺爺常常說，他以為香港保衛戰會是一場曠日持久的拉鋸戰，源於當初英國租借新界及新九龍，便是為了鞏固港島與九龍的防線，心想英軍總該堅守好一段時間，戰火才會抵達香港島吧。豈料戰事只過了十多天，日軍的鐵蹄已經攻入北角，油庫、電廠被炸得體無完膚，黑煙挾著火光捲上高空，從灣仔也看得一清二楚，爺爺與一眾街坊立即躲進灣仔街市旁的防空洞，想不到不足二十四小時，連維多利城也迅速失守。防空洞內的街坊，每當槍炮聲停歇便輪流探頭外出試圖掌

握戰況，然而街上杳無人煙，只有遍地瓦礫的狀況教人心寒，沒想到本來人聲鼎沸的街道，竟變成死寂的戰場。

整個保衛戰只打了十八天，這個號稱史上最強的「日不落帝國」便將港九新界向一個東亞島國拱手相讓，其衰敗之速，令人瞠目。

英軍撤出、日軍未到之際，盜賊成為了香港的主人。這批賊人，手持利刃、手槍，期望「發國難財」。淪陷之際，又恰好遇上寒冬，大批樓宇的窗框全被拆除，連大門、地板都被移去，一切都拿去用作燃料，只留下空洞的殘骸在寒風中嗚咽。

日軍進佔香港後，陸續進駐各區，鐵蹄所到之處，瀰漫著恐慌情緒，市民害怕得無法系統地、連貫地說話，只能坐以待斃。日軍命令居民，在沒有任何準備下，不能帶同任何物品離開寓所。另一些居民，雖可留在家中，不過卻要為日軍提供飲食，整個香港，一片風聲鶴唳。

淪陷初期，百姓在街上排隊購買食物，可以用四毫購入一斤米，不過輪候時間卻需要四至九個小時，每個人都不敢離隊，唯恐糧絕。

有些人會不支倒地，其他人為了購糧，也愛莫能助。有時，輪候期間，會遇上日軍巡邏，軍人會舉起槍刀，喝令平民下跪。有一次，一位老伯在下跪期間，因為動作太慢，日兵便抽起他的衣領，擲向馬路一旁，然後用槍柄不斷擊打他的背脊、屁股，老伯一輪喊叫之後便昏死過去，若非路人協助，必失救致死。

這種突然的無理襲擊，一般都不會在中環、尖沙咀等核心商業區發生，因日本政府仍然想保持管治形象；不過遠在堅尼地城、筲箕灣等區，這種虐待手法則屢見不鮮。

由於現鈔不足，任何工作都不會發薪，只會以大米作為酬勞，電車、巴士司機會收到斤半米，爺爺也會收到一定數量的米糧。未幾，大米供應不足，黑市價上漲至三元一斤，人們只可以煮粥果腹，肉類、罐頭也成了奢侈品。

爺爺任職的報館，老總為免報紙淪為日本政府的宣傳機器，便推說紙張短缺，決定休刊。怎料新政府收到消息，翌日便將大批紙張送達，要他們繼續出版。同時，記者不必再去採訪，由「新聞記者俱樂部」統一發布稿件，然後報館照錄即可。以往爺爺為了跑新聞，港九兩邊到處走，怎料日佔時期，活動範圍只限於中、上環，港島東對記者而言，幾乎成為了一片極少踏足的地方。

日本政府雖向記者提供大量報導材料，但也不代表可以原文照錄。一次，報社收到了灣仔貨倉失火的消息，記者便如實照錄。豈料，事發地點在海軍倉庫，日本政府認為洩露軍情，便派出大隊人馬衝上報社辦公室，執筆記者被關入獄中，最後被憲兵痛罵一番才可放人。

爺爺雖如履薄冰，更不甘為日本人賣命，決定不幹。可是，未幾卻被日本人逮捕。

日佔期間，平民被捕，絕對不需要有任何理由。在淪陷期間，隨意在街上散步，也會以遊蕩罪被扣押，下場是遞解出境。

爺爺被捕後，連同來自各國的戰俘齊集中環美利操場，呆站了數個小時，然後分頭押送至不同的地點。爺爺被扣押在有四十一年歷史的鹿角酒店，位於皇后大道中一四二號，這兒早已失修，橫樑塌陷，似乎有一段時間沒有修理，若任由它繼續朽壞，將變成名副其實的「死亡陷阱」，只需一點火種，沒有人可以活著離開。

日軍以十一人為一組，將他們關在多個九乘八呎的單人房間內，有些人站著，有些人坐著，爺爺形容自己似罐頭中的沙甸魚。第一天，房間堆滿多天沒有洗澡的人，加上通風設備差劣，惡臭瀰漫。若果有人意志力不足，頂不住要嘔吐的衝動，衛生情況必定更加不堪設想。

在這種房間睡覺，基本上是不可能的。房間只有一張椅子、一張沙發及一個洗手盆。若要睡覺，大家只能輪流進行。燈光方面，由於缺乏電力，晚上只能靠街上或走廊的微光，僅僅可見房間內每一個人的倦容。

上洗手間，也是個挑戰。整幢建築物，只有一個洗手間可供使用，從早到晚，都有一條長長的隊伍等候上廁與洗澡。禍不單行，輪候糧食也只有一條隊，難怪不少人認為輪候糧食、排隊上廁、等候睡眠，已經佔了一天大部分的時間。

在鹿角酒店的首兩天，每人只會得一碗米飯。然而，到了第三天，糧食短缺，米飯份量減少，唯有加湯，看起來才會有一碗的份量。可是，這些湯不知從哪兒拿來，氣味極臭，令人難以下嚥。為了生存，不少人將它當作苦藥，咽下便算。

一些外籍人士手上還有現金，便直接買通華籍或印籍護衛，託他們由外界購入食物。沒有現金的人，只能依賴酒店提供的食物。再過幾天，酒店的餐廳忽然傳來狗隻的猛吠聲，來得急，亦收得急。原來，一些雜役也忍受不住酒店的劣食，便宰殺狗隻，說明了糧食的短缺，已到達危險的程度。

十七天後，日軍下令鹿角酒店的人收拾行裝，然後前往碼頭，上船前往赤柱半島。期間，爺爺親眼看到一些華籍苦力被日軍擊打，有幾個當場死亡。一些婦女看見這種情況，嚇得當場暈倒。爺爺見狀，不能出手相助，只能默默地被命運帶到未知的方向，前途未卜。

赤柱集中營

腥風血雨的赤柱拘留營，最大的挑戰，不只是日軍、饑餓、物資、營養及酷刑，更有揮之不去的恐怖蚊患。瘧疾，這種經蚊子傳播的疾病，在營內肆虐，而營內又缺乏蚊帳，一旦不幸感染，兼且遇上藥物不足，便會一命嗚呼。平平無奇的蚊子，在那三年零八個月的淪陷歲月裡，為赤柱釀成一場連環蚊患，變相助紂為虐，成為了有份摧殘生命的幫兇。

初到赤柱，萬物皆缺。由於沒有燃料，任何廢物都需要挖掘深溝，然後埋在地下，任其腐壞分解，每天爺爺拿起鏟來，拼命地向地下猛鋤，直至雙手磨損，仍然不能停止。可是，沒有任何消毒程序的赤柱拘留營，終日漫天飛蚊，紛紛圍繞泥土裡面的穢物飛鳴，遠望不以為然，近望卻觸目驚心。

瘦骨嶙峋的爺爺，看到眼前景象，嚇得差不多昏了過去，累得以指爪借力支撐，他顫抖著發現，此地不再是熟悉的香港。

自從進入集中營後，爺爺便避免照鏡，可是在一次偶然下，經積水看見自己面容的那刻，他驚覺臉龐迅速被磨難摧殘：面容蒼白如紙，兩頰深陷，顴骨高高凸起，形成兩道清晰的稜線。眼睛黯淡無光，空洞而遲緩，宛如一尊被命運反覆折磨的雕塑。鬍鬚雜亂地佈滿下巴，散發著一種令人不忍直視的頹廢氣息。

由於長期睡眠不足，加上缺乏營養，他的肌膚已失去了光澤，變成一片灰黃。嘴唇乾裂蒼白，還夾雜著隱隱血痕，每當張嘴時，裂縫便會撕扯開來，疼痛與疲憊同時寫在臉上。額頭上皺紋加深，眉心間凝聚著永遠散不去的愁雲，流露出難以形容的滄桑感。

鐵絲網的內外，形成了兩個世界。網外有不少戰死沙場的英籍軍人，屍首仍未收葬，暴露在烈日當空之下，爛肉、蛆蟲及白骨散布半島各處。那些屍臭，雖然已差不多隨時間散盡，但遠看仍然寒徹心肺。

相反，拘留營範圍若有亡魂，日軍會急急下令埋葬，泥坑挖得愈深愈好，避免疫症爆發。

拘留營的環境始終惡劣，依舊漫天飛蚊，叮咬著無力還擊的囚徒。在一個月內，有過百名拘留人士病亡，不少人在營內失救，躺在病床上，雙目半合，手部微顫著，死不瞑目，似乎還有心願未了，死神卻倉卒地要結束他們的生命。

經過一段長時間，日本政府才驚悉蚊患已經擴展至附近村落，於是容許營內包括爺爺在內的部分人員，在監視下離開拘留營，嘗試解決蚊患。不過，日軍之間的溝通極之不足，往往由西門走出去，來到東門便被憲兵抓捕。經過幾個小時的盤問，勞動拘留營的負責人親自解釋，才會獲得釋放。

一些經過訓練的除蚊小隊成員，還被認為是逃犯，死於槍下。

踏入秋冬，即使告別瘧疾，拘留營還是要面對其他問題。除了饑餓，由於缺乏衣物，保暖成為新問題。囚徒最初帶入拘留營的衣物，隨年月慢慢破損折舊，最終被迫丟棄。期間一度有衣物運抵營內，爺爺還以為可以安然過冬，怎料不少都是兒童衣物，真的是衣不稱身，捉襟見肘，雖不至於只穿內褲工作，但是難禦寒風，不少人病倒，拘留營又少了一批人。

爺爺睡覺時，沒有床墊、被子，躺臥在拆出來的破門上，用米袋作為被子勉強蔽體。沒有衣物的保護，肉身與木刺交磨，加上凍徹心肺的感覺，無數個夜晚難以入眠。在這種情況下，經歷炎夏的瘧疾，再面對冬日的寒流，不少人意志消沉，甚至想一死了之。

正當爺爺萬念俱灰之際，忽然被兩名華探入營拘捕，輾轉乘車、渡輪前往油麻地警署，被關押在拘留室內。爺爺不明所以，直至翌日清晨，由於極渴，便高呼求助，可惜叫天不應，叫地不聞。他只見兩名華探，在隔壁拖走了一名年十多歲的兒童，押往自己身處的正前方，隔著牢籠，看著驚心動魄的一幕。

兒童被綁在椅上，手掌被強行展開，縱使不斷掙扎，但在兩名華探的竭力壓制下，被迫就範。這時，一名華探拿出長針，插進兒童的指頭，又向其不斷灌水，連續六日，早晚各一次。未幾，其中一名身材肥大的探員，對另一名身材矮小的華探說：「拖鹹魚吧。」隨後才將奄奄一息的兒童拖出。

日治時期，不少警員拒絕同流合污，對付香港居民，紛紛遠走高飛，或返鄉避難。只有一些人喪心病狂，為了利益，不擇手段，拿著不同機構的名冊，虛構在港華人與敵國之間的關係，藉以羅織罪狀，升官發財。

華探迫供不成，會向囚犯大量灌水，然後一拳打向腹部，水便會經口耳溢出。原來，這都都是區區小刑。

第三天，爺爺目擊一名印籍囚犯的兩根大姆指被綁著。華探利用滑輪，一邊將犯人高吊在橫樑上，然後一邊差人拉著繩子。人被拉至最高點時，便差人急放繩子，待差不多雙腳觸地時再將繩子勒住，印籍囚犯的雙臂即時脫臼，痛不欲生。

在警署的第四天，華探帶走爺爺，將他綁在檯上，檯邊放了一個火爐。華探指控爺爺在赤柱拘留營暗通外國人，企圖發動叛變。盤問期間，隨著爺爺不斷否認指控，火爐便不斷移近，不久，烈火離身體只有數步之遙。爺爺心想，赤柱拘留營大都是外國人，交流無法避免，但在衣食短缺下，又如何在手無寸鐵下發動叛變？這種指控何其荒謬！

華探打算將爺爺的膝頭拿往火爐一灼之際，在意識模糊混沌之間，耳邊響起一陣雜亂的腳步聲，伴隨著鐵門被強行撬開的刺耳聲響。一個身影從微弱的燈光中走進，搖曳著八字步伐，那熟悉的姿態令爺爺瞬間從昏迷中清醒過來。

借著僅存的意識，爺爺定睛望去，是一個身形精瘦、神情堅毅的日本軍官。此人看上去冷峻無情，一如獄中的其他獄卒，但二人的眼睛對上了之後，這名日本軍官的眼眸流露出一份似曾相識的感情。不一會，這位軍官便下令解卸枷鎖，指示獄卒背負著傷重的爺爺離開監倉，向著未知的地方離去。

「退下！」原本負責拷問的華探不明所以，這時候只有滾開的份兒。

爺爺還未反應過來，便被架在一位日本兵的背上，那位軍官領著他們前行，以嫻熟的動作穿過破舊的樓梯間與迂迴的走廊，沒有任何遲疑，彷彿這幢建築的每一寸都烙印在他的腦海。他們穿過多個站崗，沿途的日軍只有敬禮，沒有攔阻，不多久便悄無聲息地來到街道上。

青年軍官指示日兵放下爺爺，並遞上一雙拐杖，然後說：

「記得我嗎？」

「嗯。」

「快走吧。這裡有一個煙盒，如果有人刁難，給他們看就可以了。」

「嗯。」

爺爺驚魂未定，一時間還說不出話來。

「再見。」

這時候，這位青年邁開了八字步，便轉身離開。爺爺這才醒覺，那是當日春園街的青年。一如這位日本軍官所言，爺爺一拐一拐的離開，沿途不免遇上日兵，只消拿出這個煙盒，一路便暢通無阻。重光之後，爺爺才知道煙盒上的雕花是日本貴族的家紋。許多年之後，有傳香港淪陷前座落灣仔的商鋪，不少東主都是日本間諜或軍官，爺爺此時才恍然大悟，原來自己早與命運交會。

逃出鬼門關之後不久，香港便重光了。

戰後重光

爺爺在九龍醫院療養了好一段時間後，便乘坐渡輪，返回港島的舊居。在維多利港遙望港島北岸，便見灣仔六國飯店的東北角被炸毀，不過建築並沒有倒塌，反而勉強地撐過日治時期的蹂躪，等待回歸旅客的懷抱。

中環的維多利亞女皇像，一向象徵著日不落帝國在香港的管治權威，此時卻只剩下破舊的拱頂亭座。四塊由日軍裝嵌的《佔領香港告諭》，聽聞早已被憤怒的民眾砸得粉碎，不復存在。旁邊的和平紀念牌、高等法院大樓，均留有炮火的痕跡，損毀、崩裂，只屬冰山一角。放眼望去，還有其他建築被炸得只剩半截，突兀地在舊城中環負隅頑抗。

沿著鴨巴甸街拾級而上，便見香港歷史最悠久的大書院，頂部被炸開了一角。數以百計的木桌椅被移到平台，雀巢早被鳩佔，難民不斷破開木材，然後拼命尋找立錐之地，豎立四條木柱，鋪一塊爛布，便成為了容身之所。後來，爺爺才知道，當時難民不只聚居一處，就連騎樓、冷巷，也有他們的蹤跡。

沿著電車路西行，上環街市驚現難得一見的奇景。北座的豬肉檯，竟然異常乾淨，差不多沒有任何腥臭味。肉販幾乎沒有生意，身上的圍裙，幾乎滴血不沾，只是三五成群在鋪位站著聊天，埋怨著重光之後，生意沒有預期的好，爺爺好奇心起，便職業病發作，上前打聽究竟。原來當局向四家豬肉檔發出特別牌照，容許他們在更方便的皇后大道中擺賣，生意滔滔，導致上環街市門可羅雀。

戰後的塘西，仍然殘存日治時期的痕跡。廣州、金陵酒家，戰前一度禁娼，導致黯然失色，淪陷時期再一次大放光芒，直至香港重光，妓寨仍然有一段風光時間。山道的高級妓寨，仍有所謂「四大天王」，包括「天外天」、「探花樓」、「倚翠」及「餘慶」，四者不僅陳設華麗、地方廣闊，還有房間十數、妓女數十，尋芳客大多屬銀行界人士。相反，晉成街的下級妓寨，光顧者大多是販夫走卒、低層勞工，不過生意竟然較大寨暢旺，嫖客川流不息，蔚為奇觀。

再次回到熟悉的灣仔，一片百廢待興，戰爭留下的疤痕還清晰可見。重新踏上這片土地，熟悉的街道早已改頭換面。春園街過往的景象逐漸浮現腦海：兩旁的妓寨門前，妖嬈女子濃妝豔抹，阿拉伯數字明晃晃地標示著她們的地盤，揮灑著揮之不去的脂粉氣息。可如今，眼前的一切都已不一樣了。

街道依舊狹窄，卻比從前更為熱鬧、擁擠。狹小的街道上，行人如織，熙來攘往，熱鬧非凡。春園街不再是風月之地，反倒成為市民日常採購、流連忘返的熱鬧集市。

爺爺踱步其中，回想起昔日那充滿香豔的場景，如今卻被吆喝聲、叫賣聲所取代。街上小販攤檔密密麻麻，從街頭排至街尾，攤位上擺滿各種貨品，水果、蔬菜、乾貨，琳瑯滿目。人群之間的步伐緩慢，購買者與攤主討價還價的聲音交織成一片，活像一場盛大的交響樂。

從前那排妓寨樓宇，早已重新裝修成雜貨店、茶樓、裁縫鋪或小餐館，樓房上的晾衣竹竿伸展而出，掛滿花花綠綠的衣物，在風中輕輕飄蕩。小孩們在狹窄的巷弄裡嬉戲追逐，年輕婦女則提著菜籃，神色匆忙地穿梭其中，為當晚的一餐尋找最合心意的食材。

走著走著，爺爺在一家老字號餅店前停下腳步。店面雖然狹小，但櫥窗內各式糕點排列整齊，令人垂涎三尺。他向內張望，忽然想起昔日初抵港時，路口那位「八字步」的青年，原來是日本軍官，隨著戰後審判，已不知是生或死，音訊杳然。

爺爺返回莊士敦道的板間房，卻發現門鎖早已更換，房中早有新住客。尋訪了好幾個小時後，終於找到了房東，天真的爺爺還打算以戰前的租金，再租住原有的房子。不料，房東冷冷地說：「你不知道嗎？租金已經加了！」聽到新租金之後，爺爺不免眼冒金星，連忙向房東懇求說：

「便宜一點可以嗎？」

「現在不是賣菜啊！其他租客也要減租的話，我要怎麼辦？」

無處容身的爺爺，唯有拿出積蓄來交租，否則唯有露宿街頭。

經過只是數年，香港經歷了港英、日治，又回到港英時代。爺爺考慮了好一段日子，不想從事體力勞動工作，唯有重操故業，回到最熟悉的地方——報館。

很久沒有回來了，辦公室也是差不多，一如往昔，原稿紙及鋼筆，依然是爺爺的「搵食工具（謀生工具）」。不過，這時候的爺爺學乖了，懂得用紙鎮壓著稿件，再也不會被風吹得七零八落。再者，舊的記者或死或逃，也走得八八九九，爺爺一下子變成資深記者了。

✧ ✧ ✧

白布袋微微隆起的兩個稜角，一望便猜到內藏一本相簿。縱然未曾揭開，通過硬挺的封面及稜角，便教人好奇內裡記載了哪些影像及回憶。

爺爺生前擔任記者，曾經拍下大量新聞照片，然而留下來的少之又少。其中一張黑白照片的背面，寫上「一九四八年九月廿二日・石塘咀」，捕捉了一場猛烈的火災場景，建築物已經陷入熊熊烈燄，濃煙滾滾，遮蔽了大半個天空。屋頂部分已經完全被火燄吞噬，僅剩燒焦的殘骸，結構嚴重受損。

「大廈的外牆有一條寫上『永安人壽保險有限公司』的布條，這次大火要令保險公司虧本吧？」

「虧本是小事，即使賠償再多，也無法令死人復生。」

濃密的黑煙不斷湧出，籠罩著整個火場，並向高空蔓延，使整座城市彷彿被陰影籠罩。建築物外牆仍然保持著基本的結構，但明顯可以看到火勢已經蔓延內部，樓層之間的樓板可能已經被燒穿，導致建築物搖搖欲墜，天台有若干人影，想必在呼喊求救。

「這兒有些人等不到救援，有的更急得跳下來。」

「那必死定了，對嗎？」

「有些大難不死的，亦猶有餘悸。」

「這樣跳下來也沒事嗎？太瘋狂了。」

這時候，嫲嫲摸一摸手臂上的疤痕。

第三章・一九四八・石塘咀

講古佬・報新聞

香港重光並沒有為這片土地帶來長久的安寧。未幾，中國隨即陷入內戰的漩渦，國民黨、共產黨又馬上打起來，難民為了逃避戰亂，轉瞬之間，香港的人口急增一百萬。這百萬生靈，較富裕的便租住唐樓，例如一批上海人集中聚居港島東區，故北角又稱「小上海」。

人潮湧動，自然事端頻生，新聞更是層出不窮。試想像，香港的房屋根本容納不了這麼多的難民，窮人最初在空地搭建寮屋，後來者只好在荒山野嶺，赤手空拳建立家園。最令人可憐的，莫過於住在騎樓底、冷巷的家庭，他們慘得用幾枝木條、幾塊爛布，便開始了露宿的生活。九龍半島的難民最多，要跑新聞的記者唯有經常「過海」，再轉巴士「跑新聞」。

可是，記者不可能這樣漫無目的地跑來跑去，就算有人力資源，但終究都費時失事。當記者抵達目的地，兇殺案現場早被圍封了、火災現場的木屋都被燒光了。於是，爺爺的老總想到了一個妙計，決定派一些記者長期屯駐在九龍，若有任何風吹草動，立刻前往目的地進行採訪。

爺爺正值壯年，又略有經驗，於是便當了這條跑腿。

然而，爺爺很快便發現問題。老闆派了記者駐紮，卻沒有想清楚記者如何接收線報，如何通風報信，在沒有手機的年代，寄信太慢、電報太貴。「莫非要飛鴿傳書？」爺爺抱怨老總不用腦。

在不斷摸索下，爺爺評估整間報館只有他一名跑腿，若要記錄九龍、新界的突發新聞，只有身處九龍的中心點，才能以最快捷的速度前往九龍各區。若新界有事件值得報導，也可以經油麻地火車站趕去新界。

◆ 編註：講古佬，粵語，意即說故事的人。

然而，就算解決了交通的問題，也得研究怎樣收、發消息。爺爺認為，茶樓人流眾多，市民帶著不同的消息出入，其中不乏新聞、八卦等，而且點了一盅兩件，便可盤踞多個小時。於是，他便在普慶戲院附近找了一間酒樓，假借看報紙為名，收料為實。一旦偵測有突發新聞，便在座位擺空城計，然後外出採訪。還記得第一次成功採訪後，也等不及返回上環的辦事處，便借用了酒樓的電話：

「喂，阿王，有空嗎？」

「甚麼事？」

「先準備好紙、筆，然後記下說的話吧。」

「好……」

「聽著，你這樣寫……大標題『盜亦有道』，小題『掠去衣物一批／送還穀米八擔』，然後內文……」

就這樣，自此爺爺便報導多宗獨家新聞。不久，報館還買了一部昂貴的相機，供爺爺出差使用。其他報館的記者知悉這條妙計，也紛紛前往油麻地的茶樓「收風」。又過了一段時間，一批午報、晚報及夜報的記者，決定乾脆在「高華」酒樓長租了一張特大圓檯，交流各類新聞信息，包括謀殺、火災等事件，有時候，記者會因不同立場而爭執，但還是可以保持平和氣氛。

這種以口述新聞，由文字記錄，記者有時親歷其境，或採訪當事人，交代的時候份外肉緊（投入），讀者還是可以從文字感受到劇力萬鈞的場面。

即使報館之間的資訊互通，但無損報章的可觀性。由於記者會拍攝獨家照片，報導會更加繪形繪聲。若爺爺拍下了獨家照片，唯有乘坐的士，經佐敦道碼頭、油麻地碼頭或旺角碼頭返回中環，再一次跑到報社，請同僚馬上沖印相片，又請排版的師傅預留位置，編輯、排字及機房都屏息以待，一切都在電光火石之間完成。

永安倉大火，災中初見

一九四八年的某一個早上，爺爺如常梳洗，拖著拖鞋，然後返回報社。那日老總忽發奇想，對爺爺提議說：「不如咱們做些今昔對照的專題吧。」十四年前石塘咀的煤氣鼓發生爆炸，那時的驚天動地，如今已成過眼雲煙。現時既沒有煤氣鼓，也沒有娼妓，這兒成為一個如假包換的住宅區。當年那場爆炸，聲音猶如轟雷，豈料聲波未散，東北風便大作，烈燄席捲晉成街、加倫台、遇安街等地，最終釀成四十二死、四十六人傷的慘劇，整個石塘咀哀鴻遍野，這種苦痛回憶，事隔十四年仍深植在街坊的腦海，這題材最適合做一個專題報導。

爺爺再次踏足石塘咀，眼前的四大酒家，包括金陵、廣州、陶園和萬國，早已不復當年勇，白天更是門庭冷落，教人不勝唏噓。

由山路沿斜而下，遠處的維多利亞港景色盡收眼底，遼闊的海洋上，隱約見戰艦正在穿梭海洋，守護著往來的渡輪、漁船，教人心裡安定。爺爺慶幸自己當年的選擇正確，離開故土的時候，中國正值內戰。時至今日，中國仍然戰火不斷。雖然香港不是故鄉，但總比朝不保夕好。

早上八時的石塘咀，街坊陸續出門，德輔道西的途人絡繹不絕。在巴士站前，早已站滿了街坊，準備出盡九牛二虎之力，誓要將自己擠進那個迫滿人的車廂，但此時的街道，仍然是出奇地平靜。

突然，一團火球不知從哪兒飛來，射中正在等候巴士的市民，其中兩名立即烈火焚身，未幾被灼至體無完膚。站在附近的街坊目睹火燒人，被嚇至魂不附體。

原來，離巴士站不遠處的永安貨倉，牆身被炸開了一個大洞。連環的爆炸聲，總不及倉庫圍牆倒塌那般震撼。連環的巨響，讓居民以為放炮仗，或以為打雷。一名住在附近的住客，還以為有人搞惡作劇，感到不耐煩，便氣沖沖的跑到街上，沒想到驚見永安倉的爆炸場面，嚇得失足跌坐街頭。

爺爺不敢相信眼前目睹的一切，立刻跑到附近的士多報警。

永安倉地下是貨倉，樓上四層是住宅。爆炸之後，永安倉災民「火燭」、「救命」之聲此起彼落，恐慌迅速傳到鄰近的唐樓，整個區域瀰漫著恐慌情緒，德輔道西一度呈混亂狀態。有人慌忙執拾行李，有人開門落樓。逃出生天的住戶，正在徬徨之際，接續看見貨倉內有物件爆出，甚至射向對面的煤氣鼓的圍牆。這些西環老街坊對煤氣鼓爆炸記憶猶新，紛紛懼怕重蹈覆轍，只能棄屋而逃。

大火以迅雷不及掩耳之勢，向上席捲二樓及以上的樓層，一些來得及逃難的住客，早已從大廈門口奪路而出。然而，一些被火牆阻隔的居民，唯有跑向天台等候救援。一些居民被困單位，唯有沿屋後的鐵水渠爬下，但前門的生路已關，唯有轉到別處，生死未卜。

消防員抵埗，第一時間忙於開喉撲救，未及救助天台的災民。附近的店員見狀，迅速找來了大帆布，一名男子先跳下，安全落網，僥倖逃出鬼門關。另一名女子用雙手掩眼，然後跳下，雖嚇至暈倒，但至少沒生命危險。

只是一名男子，因驚慌過度，一腳錯踏，便由雲梯墜下身亡。過了大概十多分鐘，救星總算到了。

由於干諾道西早已封路，警車、消防車及救傷車只好停在德輔道西，救援人員火速下車，消防員按事前規劃，兵分三路，一批升起雲梯開喉灌救，一批搶救危站陽台、天台的災民，一批則張開救生網，準備迎接因過度驚慌，決定由高處跳下的永安倉居民。

「不要跳啊！」

「我們來救你們了！別慌！」

然而，還有一、兩位居民，等不及眼前過短的雲梯，身後卻有烈燄向前吞噬，火勢慢慢由房間迫至陽台，再被祝融迫得站在欄緣，唯有與死神一搏，決定縱身一躍，期望會降落在救生網，結果卻直墮十八層地獄。目睹慘況的人，嚇得當場暈倒，救護員立即上前急救。

有幾位居民，在情急生智下，決定將家中的衣衫、褲子及棉被等，綁成一條長繩，由陽台拋向地面。第一位居民，拿出畢生的勇氣跨出陽台，將所有信心付託在繩子上，然後慢慢的緣繩而下，每下降一層，踩到陽台的護欄，心便會安一點，登陸的一刻，也來不及喘氣，便匆忙的尋找安全地方躲避。

其他居民見狀，也等不及消防的救援，紛紛緣繩而下，尋找生路。爺爺見德輔道西形勢逐漸穩定，便跑到干諾道西的一面看個究竟。突然，一名女子在四樓窗旁若隱若現，身後的火舌卻愈來愈清晰，逐漸將她迫向陽台。爺爺呆了一會兒，心想即使向消防求援，可能也為時已晚。

未幾，這名用毛布掩鼻的女子，倚欄望向咄咄迫人的火舌，顯得不知所措。她慢慢的轉換姿勢，由倚欄變成坐欄，似乎將會模仿前人，嘗試跳樓逃生。可是，樓下卻沒有救生網，由四樓跳下，就算不死，也會殘廢。

這時候，爺爺掃視周圍，卻沒有任何救援的物件，只見建築物附近，停了一輛木頭車，上面有幾袋米、幾個布袋，於是在情急生智下，先收起相機，再拿出兩手抓緊木樁，然後拼命推移，估計女子的落點，然後將木頭車停下。這還不夠，爺爺拿了幾個空米袋，鋪在木頭車的周圍。

「喂，你跳下來吧！」爺爺仰望著她，大喊。女子只是驚叫，沒有回應。

「喂，你冷靜點吧！」爺爺後來知道，這只是廢話。

話音未落，女子便縱身一躍，先跌在木頭車的米袋上，卸下了絕大部分的衝力，再翻身倒地。由於地上鋪了米袋，女子除了手臂上的燒傷外，並沒有其他明顯傷痕。為了避免危險，二人重返德輔道西，爺爺攙扶著女子，一路向東行走，不多久到了一間餐室，剛巧餐室也正在慰勞救護人員，爺爺便與女子先入內稍作休息。

爺爺也不等侍應招待，便隨手拿了一杯暖水。爺爺與女子對坐，杯子在中央，分隔著兩人。女子驚魂未定，伸出雙手，十指緊抓著玻璃杯，嘴角彷彿得到感應，一起在微顫著。爺爺看見眼前的女子，皮膚白皙，額角有前世情人留下的印記，雙眉略彎，沒看到明顯的瑕疵，長長的眼睫毛，細細的鼻子，長到肩膊的頭髮修得很美。

與別不同的是女子的一雙眼睛，彷彿從雙瞳深處可以看到甚麼。爺爺第一次看見的時候，心靈受了極大的震撼，似乎找到了生命中不可或缺的某些東西，也好像是一直以來默默追求的某些目標。唯一的不足，是手臂紅腫了一點，傷口有水泡。由於痕癢，女子忍不住觸碰，水泡應聲破裂。

「喂，這樣會留下疤痕啊！」

「……」

爺爺似乎猛然醒覺，於是便向侍應點了一份三文治。不多久，一份三文治放在檯上，卻沒有人打算挪動檯上的食物，場面尷尬。這時候，爺爺想到了自己有採訪的責任，於是便丟下了一句——

「我行開一陣，你坐住先。」

災後追究，與守護

石塘咀此刻陷入前所未有的混亂。太平戲院門外聚集了大批街坊，他們在雨中顫抖著觀火，一些婦孺哭聲淒厲，只因害怕親友在火災中遭遇不測。

煤氣公司立刻將煤氣排入維港，只為避免大火波及，廠房會發生爆炸。

廣州酒家的每層樓，都準備了帆布喉，萬一大火蔓延而來，便立即開喉，期盼斷絕火路。老闆特意預備茶水、膳食，招待消防員、救傷隊及記者，展現亂世中的人情。

黑、灰、白、黃的火燄，沒有氣味，卻繼續吞噬著永安倉。儘管消防車仍在開喉射水灌救，倉庫內的綠色顏料，卻流入維港，將海水染成觸目驚心的綠色。站在附近工作或看熱鬧的街坊，身上都沾了點點的綠漬。

消防員撲救期間，搬出了一具又一具的屍體，每一具都訴說著生命消逝的故事。

兩名男女燒至焦黑，形容難辨，在床上作相擁狀，彷彿在死前也要緊緊相依。相信大火來襲時，二人被煙焗暈，最終焚斃。

七具焚斃的遺體，臨時放在貨倉的海旁入口，只有一名勉強認出是女的，另一名男子已燒成黑炭，腿也不見了蹤影。

由早上至傍晚，消防員不斷撲火，奈何風乘火勢，愈燒愈猛，加上倉內貯存大量易燃物品，包括木油、樹膠、菲林、棉花、棉紗、紙張及生油等，火勢絲毫沒有減弱的跡象。直至當天下午，部分消防員已體力不支，更有消防員不適送院急救。

永安公司的高層，親往災場視察救援工作，爺爺與一班記者見狀，便蜂擁上前追問：

「在民居儲存危險品，合法嗎？」

「當然合法。」高層的回答，簡潔而冷靜。

「地面是危險倉，樓上就住滿人，不是很危險嗎？」爺爺追問著，語氣中帶著不滿。

烈火繼續猛燒，連九龍半島的消防員也投入救援，消火車、滅火輪，連駐港英軍也派車協助，聖約翰救傷隊及三旅童軍也到場增援。火勢之猛，足以讓整個香港為之震動。爺爺心想，這次火災實在太離譜，試問將危險品放在一起，怎能不考慮意外時的救災方法？既然危險品齊集一處，樓上又怎可住了數以百計的人？他心中的疑問不斷盤旋，對此等危險情況感到不解。

爺爺看一看手錶，是時候向報社交代情況，但事態緊急，唯有借用電話，再一次口述災場情況，請同事筆錄成稿。他深知時間寶貴，必須盡快向報館傳達災場的情況。這時候，爺爺想起剛才去的餐室有電話，便火速前往。

編輯早已找到永安倉的資料，等待爺爺的報導，便整合筆錄、校對、排版印刷。一切準備就緒，只待這份震撼人心的報導問世。原來，永安倉在一九二六年建築，全幢均是住宅，直至翌年永安申請改建，用磚石將地鋪圍封，改裝成倉庫，其他樓層為永安員工宿舍。戰後貨倉未有申請危險倉執照，卻貯存大量危險品，最終釀成這場驚天的意外。

爺爺交代一切後，便望向內室，那位女子仍然坐在同一地方，檯上的三文治仍是紋絲不動，彷彿時間在她身上凝固了。於是便上前慰問：「你沒事吧？」

「沒事。」女子輕聲地回應。

「為何不回家？家人不會擔心嗎？」爺爺關切地問。

「……」女子低頭不語。

爺爺見女子低頭不語，心中泛起一絲憐憫，轉移望向她的傷口，向老闆拿了一塊乾淨的毛巾，建議她趕快清潔傷處附近的皮膚。女子再次沉默不語，爺爺便拿起毛巾，隔著檯面為她輕輕拭擦，動作輕柔而小心。然後，再借了一些軟膏敷在患處，再用紗布覆蓋傷口。女子彷彿入了神，若有所思，卻完全沒有反應。她呆滯的眼神，似乎心思還被災場的恐怖畫面攫住。這個時候，老闆說要打烊了，一些暫借休息的救援人員，也逐一道謝，魚貫地離開餐室。

「你的家在哪？我送你回去吧。」爺爺再次開口，語氣帶著擔憂。

「我沒有家。」女子低聲地說，語氣中滿是無助。

原來女子一個人由家鄉初到香港，原本打算租住永安倉樓上的板間房，豈料還未住得安穩，便遇上大火，頓時無家可歸。她的命運，當下顯得如此淒涼。這時候，爺爺糾結了好一陣子，總不能叫眼前的女子露宿街頭，於是，他慎重的提出了一個建議。

「今晚，我去報館休息，你到我家休息吧。」爺爺的提議，帶著一絲暖意，也夾雜勇氣與責任。

「……」女子仍舊沉默，她的顧慮是理所當然的。

爺爺情急智生，想出一個兩全其美的辦法。向報館打電話，說有重要的物品送回報社云云，特地叮囑要派女職員前來收貨。整間報館，只有清潔工是女性，未幾女工來到，爺爺便將手書稿件及相機交付，要求盡快送到老總手上，而眼前受了輕傷的女子是永安倉大火的倖存者，其見聞值得翌日寫一篇人物專訪，於是寫下自己的地址，託報社的女工送女子返回居所，而清潔女工並不知道這地址是爺爺的住所。他巧妙地將女子安頓下來，既達到了目的，又維護了她的尊嚴。

永安倉的廢墟

爺爺孤身返回上環的報社，一路上，途中有不少路段已封，海旁有滅火車不斷的向災場射水，聽路過的人說，災場存放的大部分都是膠片、棉紗、瀝青、哥士的（火鹼）及紙張，是極度危險的易燃物品，難怪灌救超過十二個小時，火勢不僅沒有受到控制，反倒燒通頂，附近的居民只能緊急撤離。

翌日，大火仍然未熄，爺爺便去山道公眾殮房，看看家屬認屍的情況。

殮房門前，等候者數以百計，其中有婦孺，他們未見屍體，已放聲痛哭。警方為了維持秩序，便派二人在門前把守，每次只准許三人進內。認屍完畢，便由後門離開。然而，由於屍首焚燒太久，難以辨認，加以臭氣薰天，教人無論精神、心靈都極度難受。

殮房內站滿了死者的家屬，有一家八口，只逃出女孩一人。該女孩在殮房痛哭，然後暈倒，在旁者知悉其慘況，為之黯然落淚。

殮房入口的兩具屍體，大概是一個中年胖男子。失火時，抱著兩歲的兒子一同跳樓，最後重傷斃命，兒子亦在其懷中去世。

倉中陳列的屍體，第一具是年僅三歲的小童，衣服全毀，燒至紅黑，面目難以辨認，四肢彎曲。

一名年約四十的婦人，腹部高漲，似懷孕了六、七個月，頭髮披散，身穿白布長衫，雖未至全身焦黑，但面容難辨。

其中一名生還者，憶述當天早上前往飲早茶期間，已見永安倉有小火，初時不以為然，未有通知家人起床，不料隨後發生爆炸，最終陰陽永隔。

還有一位生還者，指出一些居民在單位被困，唯有沿屋後的鐵水管爬下，逃至後門，卻又被鎖上的鐵閘困住，最終火舌席捲該處，卒告遇難。

爺爺向駐守殮房的警察查詢，原來這些屍體，一部分都是從廚房或床上抬出來的，說明遇難者根本來不及逃生，只好默默等待死神的來臨。另外的屍體，都是從梯間找到的，其中德輔道西三六三、三六五號的居民，只有一條樓梯可以通往地面，但不料發生爆炸的正是三六三號樓下，樓梯早被烈火封閉，所以該樓的絕大部分居民都罹難了。

事發翌日，爺爺尚可以從警方取得死難者的姓名、性別及歲數，方便登報，供難屬認屍及辦理身後事。可是，事發後的第三天，絕大部分的遺體都不能辨認，只能夠記錄屍體所在的門牌號碼、樓層及屍骸數量。

這次永安倉大火，死亡人數多達一百七十六人。烈火六日不熄，一些香港市民，不惜長途跋涉，前往石塘咀「觀火」，弄得異常擠擁，猶如觀賞巡遊，導致電車無法前進。人潮由德輔道西，沿太平戲院斜路至皇后大道西均有人駐足，即使警方呼籲仍然不肯離去。這些市民，並不是來求證家屬死活，而是懷著好奇的心態來八卦，不少人的踮起腳尖，把頸伸長如鴨子，看著無情大火繼續吞噬殘樓。

如果不能改變世界

爺爺在報館暫住了幾天，期間曾經去了同僚的家中洗澡，也買了一些衣物更換。這幾天，包租婆既沒有聯絡，也沒有投訴，寓所應該沒有異樣，女生有可能還在自己的板間房度宿。如果是這樣，他認為要關心一下女生的狀況，一個女子由家鄉來香港打工，卻遇上了如此厄運，噓寒問暖總不算過份吧。

於是，他撥個電話，看看女子是否還在借住。電話撥通了，包租婆先是一聲訕笑，然後便說女子還在，便託請她來接電話。

「喂，你還好嘛？」

「好多了。」

「我可以來拿一些衣服嗎？」

「可以。」

當天晚上，爺爺回到了板間房。那寓所有六個板間房，爺爺住在最裡面。推開大門，便看到包租婆偷笑，爺爺大概知道她在想甚麼，也視若無睹，然後箭步返回自己的房間。打開門後，眼前的光景，實在教人難以置信。

原本堆了雜物的木桌，早已擺放了兩餸一湯：蒜炒大白菜、炸豆腐，還有一碗番茄蛋湯。

「來吃飯吧。」爺爺呆站著，門也來不及關，場面突然尷尬起來。又過了數秒，爺爺望向床板，拼命尋找自己離家前棄在床沿的衣物。女子似乎知道爺爺要找甚麼，便說：

「衫褲都洗好了，就在抽屜裡面。」爺爺還是呆著。此時的女子，忽然間變得精靈起來，又說：「不如先吃飯吧。」

由於長期獨居，房間只有一張櫈，木檯唯有放在床邊，女子坐在床上，爺爺坐在木櫈上。爺爺拿起筷子，先將炒白菜放在口中，菜的甜、蒜的香，雖然簡單，但配合得天衣無縫。接著，又夾起了外皮金黃酥脆、內裡軟滑的豆腐，一種家的味道，自他從離開了鄉下，也再沒有吃過了。

「你叫甚麼名字？」

「阿白。」

爺爺望了一望眼前的女子，皮膚雪白，果然人如其名。加上烏黑及肩的頭髮，散發著一股香氣。為免氣氛再度陷入尷尬，爺爺看了一看阿白臂上的傷勢，便鼓起了勇氣，想聽聽阿白的故事。

「你的家人在鄉下嗎？」

「不是。」

「為何你不回家？」

突然，阿白淚如雨下，爺爺感覺自己說錯話了。

原來，阿白的父親早已去世，家中只有母親、她與兄長，一家三口住在油麻地。母親想阿白早點出嫁，但女兒堅決不從，於是要她打工，每個月搶去大部分的收入。阿白好不容易找到了一份提供住宿的工作，可惜不久又遇上災難，大概想到人生已無去路，便悲從中來。

此刻爺爺看著阿白，眼睫毛上掛著淚珠，每次眨眼，都會有淚水滑落，留下一道清晰的痕跡在她的臉頰上。她的嘴唇微微顫抖，好像在尋找適當的言語，但最終只能以淚水來表達她的心情。

她的肩膀輕微地顫抖，好像在承受無法言說的痛苦；她的頭微微低垂，只露出那雙濕潤的眼睛。爺爺見阿白哭得可憐，便打圓場說：

「你先住這兒吧。」

「不行，怎麼可以這樣呢？」

爺爺大概是被女子感動了，感動得要犧牲一次，於是推說報館的工作時常加班，在報館過夜是等閒事。大概女子也感覺到爺爺在說謊，不過遭遇如此困境，也決定接受好意，等日子好一點再算。

這時候，爺爺喝了一口番茄湯，番茄酸甜可口，與蛋花的滑嫩形成了美妙的配搭。這種湯讓他想起了家鄉，讓他感到暖暖的，像是回到了家一樣。爺爺完全被阿白的溫柔感動了，此刻看見阿白有話要說，彷彿有一股儲起了一股的勇氣，即將在此時散開，爺爺卻不識相地迅速抓起乾淨的衣物離去，留下了阿白，無言地留在板間房之內。

翌日，永安倉的大火撲熄，爺爺終於可在報館有一段安歇的時間。突然，編輯說有電話找他，爺爺以為有新聞，便拿了紙筆，然後拿起話筒。

「喂。」

「我走了。」

是阿白的聲音。

爺爺拿著話筒，良久沒有反應。他坐在報社的一角，灰濛濛的燈光透過窗簾縫隙灑落一地，光影斑駁，彷彿也落在他的心頭，留下難以揮去的陰影。爺爺深知對阿白的感情，但此刻昔日的回憶也像潮水一般湧來，一幕幕記憶如浮沉不定的泡沫，輕輕碰觸便破滅，他突然想起姜子彬的愛情故事，那個被背叛的男人，彷彿就在他面前，那張蒼白而悲傷的臉容清晰如昨。

一種說不清道不明的恐懼突然產生，那是對貧窮、未來的恐懼，也是對自己的懷疑，爺爺想到由踏足香港的第一天，直至現在還是住在板間房，開始懷疑自己是否終究無法給予任何人幸福。貧窮如同無底深淵，貧窮的男人似乎註定無法留住任何一顆芳心，前事可鑑，是一面隨時會將自己吞沒的黑鏡。

就算可以留下阿白，那又如何？這樣的自己，又怎麼能夠承擔一份情感？他的愛是多麼微不足道，是多麼容易被現實擊碎。他的心中燃起了一種絕望，彷彿墮入了一個無底的深淵，看不到一絲光亮。

他閉上眼睛，他開始懷疑，或許自己也註定如此，無論如何努力，也無法帶給身邊的人幸福。他掙扎著，試圖擺脫這種念頭，但越掙扎越陷得更深。他心中升起無盡的哀傷，感覺自己正一步步走向黑暗，越陷越深，無法掙脫。

但就在這時，他的腦海中浮現了阿白的臉，那張臉龐帶著一種溫柔的光輝，像晨曦透過濃霧，雖微弱，卻能穿透內心的黑暗。他的心微微顫動，這是他第一次清晰地感覺到，原來自己的內心並非完全的絕望。他還記得阿白那雙清澈的眼睛，彷彿透過那雙眼，他看見了從未經歷過的純淨與美好，那是一種無法用言語描述的力量，足以抵抗世界的殘酷。

他忽然明白，自己不能因過去的悲劇而將未來也判處死刑。貧窮是痛苦的，但更痛苦的是放棄希望。他想起阿白溫柔的面容，彷彿她正站在門外等待著他，等待他走出這道內心的牢籠。

人不能永遠活在過去的影子之中，因為那樣就等同於宣告死亡。爺爺立刻借了記者的單車，拼命在皇后大道奔馳，他不知所措，繼續在附近徘徊，尋覓伊人芳蹤。

前往油麻地，應該會經中環轉渡輪吧？

於是，爺爺便騎單車沿海旁駛去，路上只見一大堆苦力、婦孺和上班族，人海茫茫，要找一個人，原來是一件很難的事。

在中秋時分，竟然弄得自己大汗淋漓，為了一個萍水相逢的人，在街頭弄得焦頭爛額，為甚麼？

突然，腦海閃過了阿白的面容。

單車繼續東行，駛到統一碼頭附近，遠處有一位膚色如雪的女子出現，臂上還貼了一塊紗布。

爺爺加速，單車在阿白旁邊停下。

晨曦初露，維港海風帶著冷意，拍打在上環的岸邊，捲起細碎的浪花。阿白靜靜站在欄杆前，目光幽深而遙遠，長髮微微飄動，彷彿隨時會被這海風帶走似的。爺爺心頭一緊，雙腿卻不自覺地向前走去。

「阿白。」爺爺輕聲喚道，彷彿害怕驚動她似的。

阿白緩緩回頭，眼底隱藏著憂鬱，見到是他，眉頭輕輕一蹙，隨即又若無其事地轉回頭去，低聲道：「你來做甚麼？」

「來找你。」爺爺鼓足了勇氣，聲音卻仍然微微顫動。

阿白沉默片刻，幽幽道：「你不是在忙的嗎？」

爺爺急忙解釋，「我不是為了新聞來的。」「我是真的擔心你。」

阿白轉頭凝視著他，眼神有點驚訝，旋即卻又恢復了鎮靜，淡淡一笑：「你不用可憐我。這世上，比我可憐的人實在太多了。」

爺爺一陣酸楚，急急辯解：「不是可憐。從第一次見你，我就知道……」

「知道甚麼？」阿白的語氣稍稍有些動搖，卻強自掩飾著。

「知道你不快樂。」爺爺的聲音微顫。「我想讓你快樂。」這句話，彷彿耗盡了平生的勇氣。

阿白垂下眼睫，良久才輕聲回應：「人生就是這樣了。你以為能改變甚麼嗎？」

「或許我們不能改變世界，但我們能改變自己的命運。」爺爺語氣堅定了些。「你若願意，我會陪著你。」

阿白猛地抬頭，驚疑地望著他，眼中滿是困惑和猶疑，半晌才幽幽說道：「我早就習慣孤獨了。」

爺爺心頭一震，他知道自己再也不能退縮了。他堅定地望著阿白的眼睛，一字一句地道：「就給我一次機會吧？」

遠處有幾株白千層，皮一層層的剝落，風一吹，就像有人輕手翻閱舊書。它們不討人歡喜，在這兒佇立多時，像被長期忽略的事物，沉默而固執的活著，不求誰來注意，也不等誰來疼惜。

阿白微微顫抖，她轉過身去，迎面而來的海風吹起她的頭髮，隱約掩住她的側臉，掩飾住了淚水從眼角緩緩滑落的軌跡。爺爺走近一步，輕輕拉住她冰涼的手：「留下來吧。」

他的聲音沒有熱情，像白千層的落葉，擦過她的指尖，不驚不擾。

阿白身子微微顫動了一下，隨即她緩緩轉過身，面容雖帶著淚痕，卻泛起了淡淡的微笑。

然後，是一片沉默，但阿白卻沒有轉身離開，似乎只等待一句適合的對白。爺爺便提出一個問題，打算蒙混過關⋯⋯

「我餓了，可以為我煮飯嗎？」

「你不是剛吃過了嗎？」

「再吃吧。來吧，我們走。」

阿白聽了爺爺的所謂「理由」，便笑著答應，二人便慢慢的徒步回家了⋯⋯

就在他們離去之後，那幾棵白千層悄然搖曳，像是在風中低語⋯⋯就算不能改變世界，也能在變幻的世界中，重新學習愛與活下去的方式。

「嘩，爺爺這樣交女朋友，也太搞笑了吧。還要告訴你，實在太狂妄了！你有動怒嗎？」我問道。

「呵，沒有。」嫲嫲笑著回答。

「蒜炒大白菜、炸豆腐⋯⋯不都是我們常吃的小菜嗎？阿白是你的同鄉？」

「哈哈。」嫲嫲聳肩不語。

嫲嫲繼續埋首舊物，我無意地找到了一張長髮及肩、清秀可人的女生照片。我心想：莫非這就是阿白？爺爺沒有丟棄舊情人的照片嗎？相中人臂上有疤痕，我拿著照片，與嫲嫲的疤痕比較……

「啊！為何嫲嫲胖了那麼多？」

修頓大笪地◆

港英政府一聲令下，決定成立委員會，徹查永安倉大火的真相。災場依舊原封不動，只為不致影響搜證。凡街坊經過永安倉，總會掩鼻而過，但住在附近的居民，便無處可逃了，那臭氣簡直令人作嘔。若有海風吹拂，那麼受苦的便不只是永安倉附近的街坊了。

永安倉內的蚊子及烏蠅叢生，恍若萬蟲擁巢。街坊間謠傳不絕，

◆ 編註：大笪地，粵語中「一大塊空地」的意思，延伸為「簡陋、開闊、專賣便宜貨物的地方」，在香港起源是四十年代的上環大笪地，又稱「平民夜總會」。後來在港式俗語中習慣借代為一切形式的夜市。

說倉內不僅遺體或殘骸，更有變了綠色的白米、以及遍地骯髒的積水等，導致臭味久久無法消散，甚至也有猛鬼、附身的說法，鬧得有些人乾脆搬走了。

爺爺與嫲嫲也再待不下去了，於是搬到灣仔駱克道的三五九號四樓，那兒一梯兩伙，他們住在其中一個單位的板間房內。香港重光之後，日間的修頓球場會舉辦運動會，夜間搖身一變成為大笪地。或許灣仔住的多數是華人，戰後經濟尚未恢復，不少人寧願「打兩份工」，夜間去修頓球場擺檔糊口。每當華燈初上，人流便逐漸增多，保守估計，球場內外有數千市民流連，各取所需，不僅是黑道的搖籃，也是警員收風的地方。

爺爺嫲嫲最愛小吃，靠近莊士敦道的那一邊，豆腐花、田螺、炸大腸及叉燒飯等，價廉物美，有時兩口子寧願外出吃飯，也不願意動手造菜，或許爺爺吃了太多蒜炒白菜、炸豆腐，要到外面親嚐萬千美食。吃過飯後，便去那堆小櫈子聽人家講古。嫲嫲看到那位講員有一定的能耐，掃視旁聽的人堆，估計身分、人數，然後控制講故事的速度，待時機成熟，便請助手拿出罐子，邀請在場人士打賞，才將情節推向高潮，嫲嫲對爺爺說：

「你經常借人家的電話報新聞，似乎你也可以大顯身手啊。」

修頓球場內有一些濃妝豔抹的女子，站在角落向不同年紀的男士搔首弄姿，每逢經過此處，嫲嫲便會用手掩著爺爺雙眼，避免他與流鶯的雙目對上。

占卜攤檔一向生意滲淡，其中雀鳥占卜，一向被認為鬧著玩，結果不可作準。相士先將文鳥從籠中解放，然後鳥兒便會在籤筒抽一支籤，相士便會按此解釋籤文。某天晚上，爺爺嫲嫲見無事可為，想打發時間，便玩了一次「靈鳥占卜」。

「先生、小姐，想求神問卜嗎？歡迎啊！」

「我們想知道……我們將來的孩子會聽教聽話嗎？」

相士差遣文鳥抽出木籤，然後按籤找到經文，深思一會兒之後，一臉嚴肅。

「我們的孩子怎樣了？」嫲嫲問道。

「別急吧，等相士慢慢說。」爺爺安慰著。

這位年過七十的相士，似乎有一定經驗，先報喜，後說憂。他說，爺爺嫲嫲將會有兒子，但將會在憂患中長大。如果可以，請人多陪伴他，否則會受到不必要的驚嚇，還有可能遇上生命危險。爺爺嫲嫲聽了後，面如土色，還好，相士也肯定了一件事情。

嫲嫲將會為爺爺誕下一名男孩。

✧ ✧ ✧

還以為白布袋已經沒有其他相簿，原來還有一本長方形的小相簿。

小相簿的照片按時序排列，絕大多數是爸爸的生活照，爺爺、嫲嫲已是微胖的中年人，似乎兩人愈老愈胖。

其中一張家居照，實在難得。

上世紀五、六十年代，絕少家庭擁有相機。就算有，大多都會在郊外取景，若在市區，虎豹別墅是不少家庭的寵兒。而這張照片，爺爺大概用了報社的相機拍下來的吧。

年幼的爸爸穿著條紋睡褲，腳踼膠拖鞋，坐在一個船狀造型的玩具上，專注地看著嫲嫲，臉上帶著無限的天真。

「那時的爸爸很快樂啊，跟今天的殺氣騰騰差遠了！」

「誰要殺你？怪你太頑皮了！」

再細看照片，居室雖少，但五臟俱全。背景的床鋪整齊、被子摺得有條理，房角設有一個以布簾遮掩的儲物櫃，床邊的圓桌上擺放了雜物。

「一看床鋪的賣相，就知道是出自你手了。」

「當然是我了，難道你爸會摺被嗎？」

大概年幼的爸也很調皮，為何後來變成這樣木訥、嚴肅呢？

第四章・一九五一・灣仔駱克道

怪叔叔

數年後，一個小生命來到這個家庭。爸爸出生了，一家三口，過了一段無憂無慮的快樂時光。

平日，隔鄰的黃氏兄弟，總是喜歡找爸爸玩跳飛機、拍公仔紙及挑竹籤。不過，每逢要找爸爸，必先得經過「倀雞婆」◆的一關。她是關先生的太太陳俏珍，平日戴黑色頭箍，上穿唐裝衫，下穿闊腳褲，說話尖酸刻薄，凡事有風駛盡艃，得勢不饒人。

「你們去玩可得小心啊，萬一出了甚麼事，不要向我討賠償！」

她的聲音總是那麼討厭。

小時候的爸爸，最愛「打波子」。他熟練地拿一支粉筆，先在大門外狹小的空間，畫一個圓圈，擺好戰陣之後，叩響黃氏兄弟的家門，他們便立即出門迎戰。由於爸爸的手技快狠準，拇指的力度恰到好處，每次都將波子由掌心準確射出，黃氏兄弟看著自己的波子被逐一彈出圈外，有時會著急得哭起來。嫲嫲為了安撫黃氏兄弟，會請他們吃糖水，否則爸爸便會少了兩個玩伴了。

為了從黃氏兄弟手中奪取更多波子，爸爸有時候提出轉移陣地，說坑渠蓋上更刺激、公園沙地上難度更高，結果都是一樣，波子依然是他的囊中物。爺爺覺得，打波子的勝負太一面倒了，於是禁止爸爸再玩，怕傷了鄰舍關係。

某一天，爸爸無聊地待在家裡，但無事可做，見神檯的香爐插滿了香骨，認為這些燒香剩下的紅色枝子應該沒大用處，便忽發奇想，一把將香骨從香爐摘下，叩門找黃氏兄弟，一起試玩新遊戲。

「有新玩意嗎？」黃氏兄弟問道。

◆ 粵語，意即「潑辣的女人」。

「你看著吧。」爸爸手執一束香骨，蓄勢待發。

爸爸用單手抓緊香骨，然後在凌空鬆手，紅色枝子猶如散花般落在地板上。這時候，他看中了一枝香骨，正好疊在另一枝的香骨上面，於是便拿起含在口中的牙籤，用力一挑，香骨立即彈起，然後迅速跌在爸爸的手裡。這個遊戲，只能在同一時間挑動一支香骨，若同時動搖兩枝或以上，便輪到下一位玩家，以成功挑起最多枝香骨者勝。

三人認為這個遊戲，較打波子公平多了，於是每天都玩「挑香骨」。兩戶人見孩子只是玩拜神的剩餘物資，也沒有責怪他們，還讚賞爸爸懂得靈活變通，為他們省下了買玩具的開支。

直至一天，兩戶人的生活逐漸起了變化。

一名身型瘦削，面目黝黑，身穿白色通花短袖夏威夷恤衫，下身穿鼻煙色柳條西褲，腳穿白色膠鞋的神秘男子，挽著一個老舊的皮箱，悄然來到投靠其中一名房客。由於沒有剩餘房間，這位男子唯有睡在冷巷。單位突然多了一個人，最不耐煩的當然是「倀雞婆」，但礙於親戚面子，暫時沒有發作。

過了一段日子，陳俏珍發現這位男子整天賦閒在家，嫌他老是臥在通道的帆布床上，導致出入不便，逐漸對他的背景產生好奇，還以為他薄有家財，於是便與房客耳語，查問此人的身世：

「為何他不用打工？難道他是富家子弟？」

「他當過兵，曾經投資，但運氣不佳，輸掉一些積蓄，現正尋找工作。」

陳俏珍聽罷便晴天霹靂，此人既沒交租，又佔著走廊通道，令狹小的單位顯得更加侷促不堪，她一心以為此人是南來商人，會為自己帶來好處，可惜如意算盤打不響，便即時面露不悅地說：「真是糟糕！」

此後，每逢早午晚三餐，陳俏珍必定面露不屑，每當這位男士起筷，她就立馬就拿起筷子去搶，有時筷子之間發生碰撞，在碗碟間也有刀光劍影般的激烈聲響，弄得同桌的親戚也尷尬不已，有時候這位仁兄也覺得不好意思，只吃白飯便算。不過，有時候一碗白飯實在不夠飽，於是唯有再添一碗。陳俏珍見對方離開了自己的狙擊範圍，便含沙射影地表達不滿：

「唉呀！飯不夠吃，怎辦啊？」

一次，男子在廁所方便，陳俏珍她經過廁所門口便特意揚聲：「為何這麼臭？」及至男子完事離開，又再一次大聲疾呼：「嘩，究竟吃了甚麼？臭死人啦！」男子以為伥雞婆快人快語，不以為意。

趕狗入窮巷

豈料，陳俏珍的行徑愈來愈肆無忌憚，她的尖酸刻薄，像一條毒蛇，緩緩盤踞在屋子裡。不久，神秘男子打算再向房客親戚借錢做生意，為免醜事外揚，談判在房間進行。房客親戚聽到借款，便推說手頭拮据，怎料隔牆有耳，陳俏珍冷不防說道：

「如果有骨氣，就不要借錢吧！」

隔幾天，男子聞說「麗的呼聲」有一名叫李我的人物，只需憑十多字故事大綱，便可一人分飾數角，獨自聲演完整故事，於是便打開收音機，一個人坐在梳化傾聽。豈料陳俏珍聞聲，便火速關掉收音機，並罵道：「沒有付錢，就不要聽收音機吧！」然後以凌厲的眼神望向男子，說：「有賊入屋啊！」話音在耳，她那雙眼像是兩把鋒利的刀，直刺人心。

男子的行李無處收納，唯有放在帆布床下。帆布床放在冷巷，令屋內的通道變得更加狹窄。一次，男子沒擺好行李，佔據了冷巷僅餘的通道，恰巧陳俏珍由房間出來，見行李攔路，大感不爽，於是乘勢一下踢向行李，連帆布床也應聲塌掉，這次佢雞婆不只冷嘲熱諷，而是撕破了臉的說道：「好狗別擋路！」那聲音，像冰冷的鋼針，傷了男子的尊嚴。

被踢行李的男人，唯有一臉尷尬，又半帶怒意的整理帆布床和行李。黃氏兄弟目睹整個過程，報以恥笑，男子的臉部赤紅，情況愈來愈不對勁。屋裡的空氣，彷彿凝固了，瀰漫著一種不祥的氣息。

直至一次，黃氏兄弟與爸爸在冷巷玩「挑香骨」，男子原本打算一個小跳步，跨過香骨前往客廳，卻不慎踝踩中他們的玩具，於是黃氏哥哥先惡言相向：「你盲的嗎？」弟弟也不甘示弱：「是哦，你盲的嗎？」童稚的聲音，卻帶著惡意的嘲諷，像一根根細小的刺，扎得人心發疼。此時，爸爸本想一同譏諷，但見男子怒不可遏，於是便將話收回去。黃氏兄弟仍不識趣，繼續夾攻，男子於是便再猛踩地面的香骨，小孩們嚇得痛哭。

這時候，陳倘珍像個審判者般出場。

「你這條社會寄生蟲，不交租便算了，還要欺負小朋友，你知道廉恥嗎？」

「……」神秘男子全身顫抖，胸膛劇烈起伏，喉嚨裡像被甚麼堵住，說不出話來。

神秘男子自退伍以來，除了打仗，既無一技之長，又不肯放下身段，只打算向親人賒借金錢，一嘗做老闆的滋味，到後來負債纍纍，貪求親人幫助。神秘男子的自尊心極高，卻被倀雞婆貶得一文不值，就連小孩也不將自己放在眼內，於是壓抑已久的怒火、悶氣及冤屈，一下子發洩出來：

「我要把你們殺光！」

這番怒吼，連身在隔壁的爺爺、嫲嫲也聽得一清二楚。嫲嫲打算奪門而出，要拯救爸爸。可是，爺爺卻攔住嫲嫲，說：

「再等一會。」

然後，爺爺將耳朵貼在牆壁上，諦聽著鄰居的動靜，怎料陳俏珍再補上一句：「好啊，放馬過來。」爺爺心想，現在貿然衝過去，萬一刺激男子的情緒，無異火上加油。相反，若果隔壁不發一言，一片安靜，也可能更糟。過了一會兒後，聽見隔壁再有耍樂的聲音，便換了一身正裝，佯裝剛剛下班，向陳俏珍說要帶兒子外出，鎮定地將爸爸接回。

當晚爸爸也不敢嚷著要玩，火速的做完家課，便鑽進被子去了。不過，發了一場噩夢，半夜還不斷冒汗，夢魘纏身，久久無法平靜。

國軍血案

爭執的翌日，嫲嫲買完菜回家，遠處看見這名神秘男子，拿著一個小桶、一個玻璃瓶，由五金鋪緩緩地走出來。嫲嫲以為神秘男子寄人籬下，不好意思白吃白住，便想略盡綿力，為鄰居做些防水補漏，免得被伥雞婆嘲諷他不事生產，心想這也是好事，畢竟鄰居們一伙人有親戚關係，終日翻臉終歸不好看。

過了好幾天，嫲嫲在廚房準備午膳期間，忽然聽到隔壁有人高喊救命。嫲嫲不敢叩門，便將頭伸出窗外張望，只見鄰居的傭工黃美身在騎樓，伸出一隻帶著鮮血的手，無助地要求救援。其中一根指頭彷彿被切掉，嚇得嫲嫲六神無主，一時不懂得如何應對。

突然，門外有人拍門，不斷呼喊救命，這時候嫲嫲定了神，透過經防盜眼一望，只見一名鄰居不斷叩門。嫲嫲迅速開門救人，卻見她的衣衫被火燒過，背部燒傷，由於心情激動，又帶恐慌，導致口齒不清，嫲嫲還以為有強盜打劫。

同一時間，街外先後傳來「噗！噗！」兩記聲響之後，只見黃氏兄弟倒臥街上，弟弟臉部向下，哥哥臉部向上。

爺爺差不多抵達寓所的時候，遠處看見兩名兒童倒臥在地，遍地血跡，即有不祥預感，他也沒有理會街上的慘況，隨之仰望唐四樓的單位，正在傳出黑煙，未幾，一名婦人跑到街上，望著兩名男童不知所措。

不足數秒，神秘男子由唐樓大門跑出，朝著銅鑼灣方向逃走，瞬間不知所蹤。

呆了幾秒，爺爺便急忙回家看望手足無措的嫲嫲，確認她無恙，便立即撥電報警。

警察、消防還沒有來，爺爺便大著膽子鑽進鄰居，打算救人。大閘打開，入內只見一片煙燻及烈火痕跡，原本白壁已熏黑，在櫃頂上的相架，只剩下扭曲的金屬及紙灰。

室內充滿燒焦氣味，混合著電油、塑膠，令人窒息，天花板的風扇被烈火燒得只剩骨架，一些電線由天花板吊下來。此時，屋內尚有零星雜物燃燒，爺爺見狀，便立刻用水撲滅火種。此外，見電油桶、火水樽仍有易燃物品，便立即移向安全地方。

再往前走，廚房的鍋碗瓢盆全部被火燒得變形，灶台上的爐具已被燒得面目全非。當爺爺以為單位內並無其他傷者之際，只見陳俏珍伏屍廚房，衣服、皮膚被割開，慘不忍睹，地上還有一根指頭，未知屬於何人。

警察到場後，立即圍封單位。爺爺、嫲嫲在場落了口供，良久也不見陳俏珍的丈夫回來，大概早已直接去了殮房認屍。想到這一點，嫲嫲才醒覺難題出現了，她應該怎樣向爸爸交代一切呢？

嫲嫲背著爸爸的書包，拉著他回家，三輛警車、十數名警員正在當值。然而，爸爸根本沒有留意，無論眼前有幾多條封鎖線，警員如何勸諭事發現場如何危險，他都一概沒有放在眼內，只是嚷著說：「我要找他們玩啊。」

翌日晚上，爺爺在家中接到電話，要他趕快回到報社，有大事發生了。原來，那位神秘男子跑到中央警署自首，這時候爺爺才知道神秘男子叫朱盛才。

朱盛才在中國當兵，政權易手後前往香港，先向嫂嫂借錢，搞了一些小生意，但告失敗。嫂嫂為了照顧小叔，便帶他回到駱克道的住

洛克道慘案疑兇

朱盛才行兇詳情

他是蔣幫人員索錢要去台灣

警方下令通緝昨晚仍無下落

·慘遭焚斃的陳俏珍·

【本報訊】灣仔洛克道三五九號四樓的殺人放火慘劇發生以後，疑兇朱盛才即已失蹤，後經警方下令通緝，到昨晚仍無下落。外傳朱盛才因身體受傷，昨晨到東華醫院求醫，被醫生認出，報警捕獲，經查明完全不確。

據疑兇朱盛才的堂姊朱麗昨天對記者說：朱盛才在廣州解放時跑來香港，直到現在只在「新生公司」做過一個短時期的推銷員。他進「新生公司」時，他嫂嫂關月娥曾替他交了一千五百元的保款，不料那家公司原來是個騙局，不久便「收檔」了，關月娥也就因此損失了一千五百元。朱盛才來香港後，原在外面居住，後來生了一場大病。關月娥的兒子朱志賢（十八歲）見他叔叔潦倒在外，過意不去，於是才和他母親商量招呼朱盛才到家中居住，在冷巷中架一帆布床。由此可見關月娥母子對朱盛才並不刻薄。

朱麗又說：朱盛才在三個月前曾到她家裏取回一張像片，說他要去台灣，需用像片申請入境。朱麗當時曾問他去台灣做什麼？朱盛才說：他以前在廣州做無線電工作（據說那是國民黨的軍事機關），現在那機關已遷到台灣去了，所以要到台灣去。」五日用來殺人的菜刀，據說是疑兇預先準備好的。所以朱麗認為疑兇這次殺人放火是有預謀的。

然而他為什麼竟瘋狂的將全屋人都亂斬呢？據黃子淵（黃華）的大兒子黃世坤（七歲）昨天對記者說：「八叔（指朱盛才）最恨七妗（即已斃命的關鴻生的妻子陳俏珍），所以佢昨日首先斬七妗。當七妗在騎樓綉花，面向騎樓外，朱盛才從後面一刀斬去，她才跳了起來。」七歲的黃世坤當時上學，不在家中。他說這是他聽人說的。至於朱盛才為什麼「最恨」陳俏珍呢？他卻說不出道理來。

但另有一說，疑兇朱盛才先斬陳俏珍，是因她的個子較大，有點力氣。而其他都是老弱婦孺，所以用「擒賊擒王」的辦法，先將她斬倒，免得縱火時遭受反抗。

黃世坤又說：「八叔曾向大姨媽（指被斬後燒死的關月娥）借錢，大姨媽唔畀佢，佢就怒起上來。」朱盛才在數月前確曾寫信給關月娥說：他將要遠走高飛，到台灣去，請借一千五百元作旅費。但關月娥不肯給他。

可是疑兇朱盛才為甚麼要把四歲的小弟弟黃世榮拋落樓下呢？黃世坤說：「有一日早晨，八叔還睡在冷巷中，阿D（世榮）拿了一把香爐灰撒在佢的面上，佢醒來曾把阿D打了一頓。」據說關賢喬為痛惜愛子，曾責備了他，可能就是為了這個小小的原因而含恨謀害那個尚不懂事的幼小生命。當時黃世榮已躲在床下，被他拖了出來，從騎樓上拋落街中。黃世坤幸而已早上學，得免於難。

這個七歲的小朋友，對於自己家中發生的大慘劇——小妹妹被燒死，弟弟世榮和母親關賢喬（海倫）都受重傷，現在醫院垂危——似乎不懂得傷心。昨天他在外婆家裏玩。他說：當他弟弟被拋下時，他已回到騎樓底下，聽到「達達」一聲，首先還以為是「豬仔跌落來」，後來「[illegible]才曉得是我細佬」。

據說：當時兇手殺人的情形是這樣的：陳俏珍坐在騎樓綉花，首先被斬；關月娥的女工黃美走出騎樓解救，舉手招架，所以左手中了兩刀，尾指也被斬斷；關月娥在尾房聽到「救命」聲音，趕出制止，當遭亂刀斬倒；這時關賢喬抱着二歲的女孩小倫，在房中不敢出來，後來見到外面已經起火，才抱着小倫走出，不料一出來就被兇手發現，把她抱着的小倫搶去拋入火燄之中焚燒，她因為抵抗，被推落火中兩次，以致衣服被燒去半截，臂部受傷。兇手接着便將躲在床下的黃世榮拖出，用力拋落樓下。

據說：朱盛才平常沉默寡言，很少說笑，面部有二塊「白蝕」疤。他是庶母生的，他的生母現在安南做生意，還有弟妹多人。他的父親已經死了。

重傷的黃世榮和他的母親關賢喬、女工黃美進瑪麗醫院後，傷勢到昨晚仍很嚴重。

朱盛才案（《大公報》1951-11-07）。

所，說服了業主，由於不佔房間，只睡在冷巷，也沒有交租。陳倘珍看不起他，其他住客也看不起他，在日復日的白眼、嘲諷下，便決定買一把利刀，先殺陳倘珍，再殺光其他人。

為了一雪心頭之恨，朱盛才還打算燒掉單位。在點燃火種之後，聽到小孩哭聲，便發現黃小綸及黃世榮嚇得隱匿在床下，卻被朱盛才拖出來，再擲向街外，手段殘酷。

行兇後，朱盛才跑到了石硤尾村打算避匿，卻被朋友趕了出來，在流離港九兩地之後，認為自己無路可走，一旦遣返中國，身為國民黨軍人，必定會被中共政府清算，倒不如搏一鋪，萬一僥倖赦死，還可以苟且偷生。

可是，朱盛才的如意算盤打不響，最終被法庭判處繯首死刑。而單位內的倖存者，為免睹物思人，便決定遷居。爸爸突然失去了玩伴，最初每天都會望著鄰居的大門，以為黃氏兄弟只是出了門，或去了旅行。經過數個月後，爸爸小學畢業的那個暑假，爺爺決定講清楚其中的來龍去脈，當提及朱盛才判死的時候，爸爸便問：

「他死了，人就會復活嗎？」

爺爺聽罷，呆住了，於是勉強地說道：「不會，但至少可以起懲戒作用。」

爸爸的反應也出奇的快，說：「人都死了，有用嗎？」

爺爺為免爸爸睹物思人，於是決定遷居。

✧ ✧ ✧

白布袋內藏爺爺的遺物，種類繁多，但也有一些似乎不屬於他的東西。隔著布袋，有些瓜子形狀的小物件，還以為爺爺的其中一個嗜好是收藏食物。

嫲嫲從袋中深處拿出了一顆金屬物件，原來是一發子彈。

「為甚麼有子彈？爺爺當過兵嗎？」

「不，在案發現場撿到的。」

原來爺爺曾經深入虎穴。在好奇之下，我便繼續向嫲嫲打聽細節。

「這是哪宗案件？」

「轟雷案。」

那時的我，只聽過三狼案、紙盒藏屍案，甚麼「轟雷案」？大概都是小案吧。

「這不是小案啦，事發地點正是那時我們居住的大廈。」

「甚麼？住宅大廈也有槍戰嗎？」

不只是槍戰啦，那時候你的爺爺連性命也豁出去了，當年「跑新聞」是很危險的。不過，原來怎樣避也避不了，賊人原來就在不遠處……

第五章・一九五八・土瓜灣

洋樓迷宮

爺爺為免爸爸睹物思人，毅然決定遷居。那時候，土瓜灣一帶經歷大規模拆遷，原有的庇利船廠早已倒閉，廣大的地段變成住宅區，區內的工廠亦進一步發展，無數基層陸續進駐，讓此處成為一個新興的區域。

由於區內有大量工人，這些新建的樓宇，便成為落腳的首選。已屆中年的爺爺，深知需要開始思考將來，不僅計劃買一個房子，而且也要為爸爸的升學儲蓄張羅，縱使薄有積蓄，還是決定舉家租住土瓜灣環發街的板間房，其餘的錢財放在銀行，以備不時之需。

戰後報業競爭激烈，除了港聞外，報導必須奇兵突出，始能爭取銷量。爺爺自問不是武俠小說高手，但土瓜灣擁有天時地利，便向老總請纓撰寫本土旅遊專題，起碼離家夠近，可以爭取多一點時間休息。那時，工友在閒餘時間，紛紛喜歡去海邊走走，每逢周末、假日，更愛去海心島消遣。

海心島有一個傳說，上古時期魚仙降臨人間，卻不慎跳入海心島，由於無法掙脫，於是便成「魚尾石」。土瓜灣有舢舨前往海心島，去程不必付錢，爺爺初到新地方，不明所以，於是便專誠前往海心島，在到埗前掏出錢包，船家說回程時付費也不遲：

「為甚麼不必付錢？免費嗎？」

「不是啦，回程的時候才付錢吧！你大概不會游水返回土瓜灣吧？」

此時，爺爺才恍然大悟，船家真的懂得賺錢。到埗後發現，原來小小的海心島，不僅可以飽覽九龍灣風景，而且島上有麻雀耍樂，還可更衣暢泳，島上又有店家通過租賃賺錢。遊客筋疲力盡後，當然不會選擇游泳返回土瓜灣，一切都在船家的盤算之內。

由於海心島一帶愈來愈多遊客，而且大部分都是工人，渴求消遣娛樂，於是這兒又出現各式攤檔，就如昔日灣仔的大笪地，一切的往事，再次重現眼前。

那時，爺爺住在華源大廈，位於環發街，屬於「四環」的其中一幢新樓。所謂「四環」，是指土瓜灣新設的四條街道，全部以「環」字開頭，包括環達街、環發街、環興街及環樂街，緊靠昔日的庇利船塢。

環發街有四座大廈，共三百多個單位，前後座屬合掌式，每幢都有樓梯、通道相連，一個人從這條街上樓，可以從另一條街下樓。每一列房屋的天台又互相連接，不必飛簷走壁，也可通行無阻，一個人從街頭的房子上屋頂，可以在街尾的房子落樓。

如此縱橫交錯的地形、以及四通八達的通道，讓爸爸不必走到街上，在天台便找到了不少玩伴，可以打羽毛球、乒乓球，唯獨不能踢足球，只怕高空墮物，砸傷無辜。若然天雨路滑，他們便移師室內，利用新樓的佈局玩捉迷藏，玩得不亦樂乎。

白天的時候，在走廊、梯間行走，絲毫不覺有任何異樣。然而，晚間穿梭其中之際，在燈光黯淡的條件下，只有微弱的光線，需要步步為營，謹慎探索每一步。偶爾樓梯傳來怪異的腳步聲，牆上出現模糊的人影，彷彿每一扇防煙門的背後都是未知的黑洞，生怕看到甚麼可怕的景象。樓宇獨特的設計，在這刻變成巨大的蜘蛛網，自身猶如獵物，害怕有人殺出，成為囊中獵物。在恐懼的支配下，有時候不能分辨該走哪條路，唯有早點回家，晚間避免外出，不過有時因追訪新聞，早出晚歸，唯有多帶一支電筒傍身，以備不虞。

華源大廈樓高五層，那時候我們住在四樓。包租公將一個單位分租，穿過大閘之後，只有一條走廊，左右兩邊各設四個房間，空間可算闊落，勉強可以放置床、椅、檯、櫈，平日的大部分時間，只有嫲嫲及爸爸在，而爸爸上學的時候，嫲嫲便獨佔房間，還可以算是過得去。不過，每當公眾假期，尤其農曆新年期間，便會有人滿之患，不僅房內親屬可以盡窺對方的舉手投足，還可以聽到鄰居的對話。

隔壁的陳先生便是其中之一。

雙槍虎將

陳先生和陳太住在爺爺家的隔壁，平日深居簡出，陳太出門的次數，竟然比陳先生多。這般神秘，著實教人好奇。為了窺探究竟，嫲嫲趁陳太出門的時候，曾經一瞥房內狀況，卻發現大部分時間，陳先生都在倒頭大睡，彷彿在冬眠。在他閉關期間，有時候房內會傳來敲鑿的聲音，斷斷續續，神秘莫測。或許是陳先生做小手工，然後陳太拿出去賣吧。

偶爾，三更夜半的時候，陳先生的房間也傳來「砰砰幫幫」的聲音，打破了夜的寧靜。

「現在都幾點了?還在幹嗎?」嫲嫲小聲說。

「可能在趕工吧，這年頭經濟不好，互相包容吧。」爺爺總是這樣回應，語氣裡帶著幾分理解與無奈。

有時候，難得看見陳先生出門，他身材瘦削，個子矮小，瓜子臉，不戴眼鏡，眼細有神。步履穩健，彷彿有武學底子。每次陳先生關門之際，總會發現看到他的右手拇指及食指不斷地顫動，並向掌心彎曲，似乎神經系統出了問題。而他回來的時候，經常滿頭大汗，筋疲力盡，爺爺嫲嫲估計他可能做苦力，由於體力勞動，又開工不足，唯有長時間在家中休息。

某天，嫲嫲外出回家，赫然見爸爸拿著幾張「公仔紙」。

「哪裡來的公仔紙?」嫲嫲好奇地問。

「隔壁的叔叔送的。」爸爸天真地回答。

「哪個叔叔？」

「睡在隔壁的叔叔。」

這時候，陳先生恰好敲門，面帶笑容的向嫲嫲說，只是一點小小禮物，目的只是想小朋友開心。嫲嫲見陳先生如此誠懇，也不好意思推卻，便教爸爸道謝收下了。

晚上，爺爺回家，見爸爸與嫲嫲正在玩「公仔紙」，兩掌互擊，爸爸手執的「公仔紙」向上，嫲嫲的卻向下，玩得不亦樂乎。爺爺走上前仔細一望，原來是「公仔紙」，印有象、獅、虎、豹、狗、狼、貓、鼠共八種圖案，他便問道：

「你又嚷著要買玩具嗎？」

「隔壁的叔叔送的。」

然後，爺爺將聲量壓低，抱著懷疑的眼光，行近嫲嫲的身邊，然後低聲說：

「他整天足不出戶，開工不足，哪有閒錢買玩具？」

「人家又沒有作奸犯科，又盛意拳拳，算了吧。」嫲嫲輕描淡寫地說道。

遷居土瓜灣後，爺爺主要負責九龍區的新聞，一如以往，他每天經漆咸道前往油麻地一帶的酒樓，與行家一起收集情報。若有突發新聞，便經電話口述報訊；若稿件不急的話，則在酒樓寫稿，然後連同菲林送往港島的總辦事處，然後等待編輯、排版及印刷。

甫踏進酒樓，所有人都在談「轟雷案」。

這宗案件驚動一時：在光天化日之下，一名賊人持槍、身繫手榴彈闖入大宅，意圖綁架九巴創辦人雷瑞德，失敗逃去無蹤，弄得人心惶惶。傳聞賊人手持雙槍，人稱「雙槍虎將」李卓，曾在中國當兵，政權易手後南下香港。由於茲事體大，警隊調動精銳，包括九龍總部幫辦曾昭科、九龍華探長呂樂及深水埗高級探目藍剛等，務求盡快將李卓逮捕結案。

爺爺的文稿以鋼筆書寫，由於每天寫稿，筆墨容易耗盡，故此經常光顧文具店。他認為，作為一個成年男人，鋼筆、手錶及打火機是行走江湖不可或缺的工具，是身分的象徵。不過，爺爺的手錶時常失靈，又不吸煙，只有鋼筆是他真正的夥伴。

榮光街九號有一間文具鋪，上學前、放學後，學生都喜歡在這兒聚集，他們不一定光顧，但琳琅滿目的各式文具，足以讓一眾學童流連忘返。某天，爺爺的鋼筆墨水耗盡了，便去文具鋪購買。

進入文具鋪的第一件事，便先要看時鐘，爺爺預計由土瓜灣前往油麻地，大概需要四十分鐘，他在文具鋪只有十分鐘的逗留時間。輕輕一瞥，日曆指出當天是一九五九年一月廿六日，報館大概快要出糧了吧。

爺爺的記性一般，在文具鋪內不斷搜索著墨水的擺放位置。突然，鋪外突然傳來「嘭」的一聲，然後又一片寧靜，店內的顧客均屏聲斂息，見沒有異樣，便又投入選購心頭好。爺爺還以為過年燒炮仗，不過距離農曆新年尚有兩個星期，可能只是新店開張，便不以為然，拿著一瓶墨水，打算付款，然後離開。

豈料，店內突然又傳來三下響聲，有人高呼「有賊啊」，瞥見店外街坊一片恐慌，紛紛四散奔逃。遠處有兩名男子持有手槍，一方面叫街坊蹲下，一方面喝令疑匪停下。在千鈞一髮之際，一名男子向文具鋪的方向擊出一槍，子彈正中店外牆身，揚起碎石與粉末，然後兩名持有手槍的男子繼續奔馳，似乎是便衣正在捉拿疑匪。

此時，店外的大部分街坊經已散盡，店內的老闆見狀，打算拉閘確保店內街坊安全，可是在惶恐之下，揚起右手卻拿不起鐵筆，要用左手協助固定，才好不容易落了半閘。喘定之後，強行按捺著壓抑，帶領一眾小學生由後門逃走。爺爺嚇得魂不附體，墨水瓶鬆手跌下，墨水與玻璃散落一地，稍為定神後，打消了上班的念頭，決定立即回家確認家人平安。

爺爺經後巷離開，這條窄而長的通道，除了一眾小學生外，尚有其他人循此路逃走。爺爺為了盡快回家，便快跑超過一眾小學生，在獨個兒奔跑期間，卻在路上遠處看見一個熟悉的身影，此人的右手拿著布袋，腳踢拖鞋，迅速的轉入華源大廈。

當爺爺抵達華源大廈之後，這個熟悉的身影已不見蹤影，只留下陣陣疑團。

華源大廈槍戰

爺爺幾乎是衝趕回家，來不及喘息，先打開大閘，再衝入板間房，只見嫲嫲正在為爸爸整理身上的校服，便急忙告知一切所見所聞。幸好爸爸還未有上學，否則後果不堪設想。未幾，街外傳來幾輛警車的聲響，警員自車上、街道紛紛而至，在警探的幾句指示下，警察迅速將附近的街道封鎖，似乎疑匪就在附近。

「四環」的樓宇縱橫交錯，各幢大廈彼此連接，若有朋自遠方來，不黯其中曲折，恐怕就會因此迷路，想不到此地不僅是基層的居所，更是匪徒的藏身之處。就算警方封鎖附近的街道，逐家逐戶搜索，耗費半天時間徹查所有單位，也未必抓到疑兇歸案。

爺爺認為，難得有一樁大案發生在寓所附近，身為記者，應該要親身記錄，才算不枉此生。近期報業的競爭激烈，若能詳寫，定必可以催谷銷量。爺爺吩咐嫲嫲與父親留在家中，便打算拿著相機外出，嫲嫲見狀，當然反對。可是，反對外出的還不止嫲嫲，還有隔壁的陳太。

「你現在出去幹嗎？危險啊。」

「你別管。」

「這樣的情況，還要如此拚命嗎？」

「如果不拚命，我們吃甚麼？」

嫲嫲以同一番說話，要求爺爺不要外出。可是，爺爺說：

「要談危險，尾房的李先生不是也很危險嗎？他在板間房內生火煮膠，雖然製鞋是正當職業，但那些水火爐、煤酒及火柴，也可以置人於死地，不是嗎？李先生體格魁梧，平日在廚房斬雞，不是手起刀落，乾脆非常嗎？難保他便是雙槍虎將李卓了。」

嫲嫲無言以對。

爺爺還是要堅持外出，開門之際，遇上了同時出門的陳先生。同一屋簷下，相信板間房內的對話，鄰居都已經聽得一清二楚，爺爺為了緩和尷尬的場面，便說：

「陳先生，外出上班嗎？」

「對啊，你也要外出工作嗎？」

「是的，時勢難料，唯有努力賺錢吧。」

「早去早回吧，否則家人又會囉嗦了。」

爺爺看見陳先生的右膊微隆，似乎經過了包紮，或許是工傷吧。此時，陳先生挽著布袋出門，爺爺隨著他的腳步，穿過了兩道木門，沿途所見，多個單位的大閘虛掩，部分更是中門大開，究竟是街坊沒有警戒心理，還是各家自掃門前雪？

嫲嫲留在板間房，一邊看著爸爸做功課，一邊腦中盤旋著爺爺的大膽推論：尾房的李先生獨來獨往，一向行蹤詭秘，又和雙槍虎將同姓……

爺爺來到環發街近一號的位置，然後順流而下。陳先生在二樓的樓梯轉角處停步，先抽一根煙。爺爺沒有理會陳先生的舉動，便在一層的距離下，窺探大街上的情況，只見警方將一批來福槍、催淚彈運抵現場。警員均穿上避彈衣、頭戴鋼盔及荷槍實彈加以戒備。指揮官下令所有便衣警探，手臂上綁上白布，然後分派疑兇的容貌拼圖，動員人數之多，教人想起一九五六年的雙十暴動。

然而，雙十暴動涉及數百人，當日的搜捕對象卻只有一人。

在封鎖線外，街坊不理解為何便衣警員要臂纏白布，其中有人一語道破：「如果沒有記認，一旦警匪駁火，同袍便會因此遭殃。」

另外，兩名青年站在榮光街的封鎖線前，有以下對話：

「為甚麼留在這兒？」

「現在進去了，就不能再次出外。如果遇上了疑兇，我的血肉之軀如何敵得過子彈？還是不回去好了。」

此時，警員看見在夾縫中的爺爺，便以揚聲器廣播說：「疑兇有槍，你快回去吧。」

爺爺沒有辦法，只能拾級而上，這時，陳先生仍在原處，似乎剛剛將一堆瓜子掉進垃圾筒旁邊，然後繼續抽煙，好像心事重重。爺爺不甘空手而回，決定上天台窺探情況，他估計疑匪不會停留此處，免得被警察掌握行蹤。怎料，警察已先來一步，每一幢大廈的天台，特警均手持機槍，居高臨下監視情況，爺爺無計可施，只得垂頭喪氣，拖拉著疲累的身軀，返回寓所。

突然，抵達三樓的時候，遠處再次傳來槍聲。

「不要動！否則開槍！」

兩名警探高喊同一番話，可惜毫無用處。未幾，又傳來連續的槍聲，而且愈來愈近，向爺爺的位置迫近。

走廊上，沒有其他藏身之處，只有一道木門屏蔽視野。木門之後，便是樓梯，疑匪與警員在裡面駁火。

爺爺盤算，若果立即奔回寓所，與疑匪撞過正著，會有生命危險；與警員遇上的話，恐怕也百詞莫辯。這時候，爺爺看到一道虛掩的大閘，上面繫著一塊大布，便立刻拉開大閘，暫時置身其中。

過了不足一分鐘，爺爺聽到有人推開木門的聲音，「嘭」的一聲然後繼續向前奔跑，未幾停駐在他的前面，只有一度鐵閘之隔，要不是那人的腳尖向著木門方向，爺爺還以為行蹤已經敗露。

爺爺已緊張得全身冒汗。正當爺爺打算向單位內部深潛之際，疑兇在閘外擊出一槍，隔數秒後再擊出第二、第三槍。這三槍，響徹了樓層，一些仍在夢中的街坊，立即咒罵不速之客擾人清夢；一些知悉樓宇被包圍的住客，惶恐得留在房間紋絲不動。

過了十多秒後，再傳來兩名男子跑動的聲音。

再過了幾分鐘，為免單位內的街坊發現，爺爺決定盡快離開。

爺爺小心翼翼地關上大閘，然後迅速掃視周圍，便見走廊天花有一個彈痕，相信是來自疑匪其中一槍。然後，爺爺經剛才疑匪及警員進入的木門離開，又見門楣上另有兩點彈痕。難道李卓已經潛進來了？

束手就擒

爺爺終於回家，嫲嫲當然安心。安心的，還有隔壁的陳太，看來陳先生似乎都已經返回板間房了。

整個土瓜灣彷彿陷入一片寧靜，警察開始逐家逐戶搜索疑匪，似乎未有任何新消息。或許警察也等得不耐煩，於是通過廣播喊話：

「李卓，你已經被包圍了，放棄潛逃，棄械投降吧！」

「賊人不會自投羅網吧？我肯定他會潛伏在大廈的某一角，誓死也不會投降。」不識趣的爸爸笑說。

爸爸真的有道理，賊人絕不會因此投降，也沒有人真的會理會警察的呼籲。不過，隔壁的陳先生卻有反應。

「我要出去。」

「要是你有甚麼不測，那麼我們的兒子、女兒要怎麼辦？」

然後是一片沉靜。

「原來陳先生、陳太有兒女。」爺爺、嫲嫲大為驚訝。

同一時間，樓層傳來大隊警察的聲音，估計是逐家逐戶搜查，由地下開始，現在終於輪到四樓，剛才疑兇與警員在三樓駁火，估計這幢大廈會加強警力，務求盡快逮捕疑匪。

警察逐戶叩門，記錄每一名住客的資料，並搜查每一個房間。爺爺則拿出一疊原稿紙，頭也不抬地奮筆疾書，期望疑匪盡快被捕，可以快點將親身經歷寫成特稿，然後來得及送往報館，想起街坊爭相搶購晚報的情景，即時露出會心微笑。

警察圍捕悍匪李卓

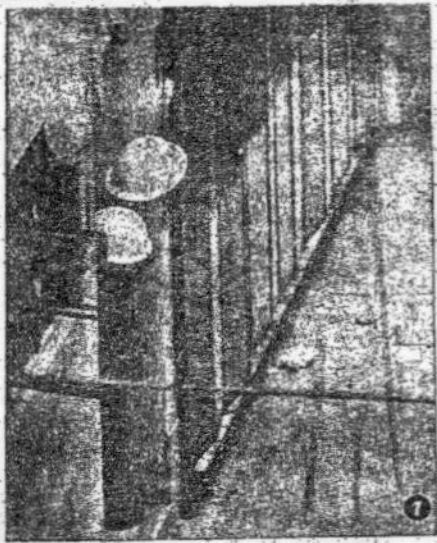

槍聲卜卜學童驚哭 搜索匪徒氣氛緊張

警衛森嚴李卓起解 居民受阻歷七小時

李卓左臂紮破布 夫妻相對默無言

擴音機中大聲說 提防匪驚救犯人

機槍手槍戒備下 匪裹白布押下樓

雷案前前後後

新界頻生劫案 木屋發現縱火

警方表示加強治安

助理警務處長韋覺時發表談話

印度國慶節 印僑有慶祝

美擬限制港貨 廠商同詞指責

今天仍暖

「開門。」警員先來到陳先生的單位。爺爺只顧著埋頭苦幹，與時間競賽。

「別動！雙手放在頭上！」警員的聲音由禮貌變得嚴厲。

「隊長，有發現。」

「李卓，你涉嫌綁架、勒索，現在將你帶返警署協助調查，你說的所有話將會成為呈堂證供。」

爺爺一臉不解，難道李卓藏身陳先生的房間？於是，便開門打算一看究竟，卻被警員擋住了。

此時，一位擁有清晰輪廓、氣宇軒昂的探目，手持警槍指向板間房內，杏仁眼、高鼻樑，身型高眺、結實，一面命令陳先生雙手放在頭頂上，然後指示他與陳太慢慢由板間房步出。這時，只看見陳先生的背部纏上繃帶，陳太也被警員帶走，陳先生向後回望時，只見一臉頹喪。爺爺呆站在陳先生的房門前，只見裡面藏有大量工具，包括手

李卓被圍捕（大公報 1959-01-27）。

榴彈、子彈及槍枝等軍火，不一會便被警員命令返回單位，嫲嫲見證這一切，也是百思不得其解。

「為甚麼陳叔叔被警察抓了？」爸爸問。

「我也不知道。」爺爺說。

過了一個星期，李卓案在法院開審。審訊當日，數以百計市民排隊等候進入法院旁聽，爺爺為了報導，也為了釋除疑惑，於是當日上午七時，便在法院門外輪候。開庭之後，爺爺遙望犯人欄內的陳先生，二人目光對上，彼此點頭示意。這時候，爺爺相信陳先生只是化名，李卓才是真名。

在盤問的過程中，爺爺得悉原來李卓綁架九巴創辦人雷瑞德失敗後，刻意遷入華源大廈，利用「四環」內大廈彼此相連的特點，即使被警員圍捕，也有充足時間部署迎戰。當天，李卓刻意作出街坊打扮，刻意喬裝掩人耳目，奈何警員已經充分掌握他的資料，除了身高、身形外，還有右手拇指及食指不斷地顫動的特點。警員上前打算截查之際，李卓便甩開警員，然後從腰間拔出手槍射擊，榮光街文具鋪旁邊的牆壁，便留下了彈洞。

駁火之後，李卓迅即返回寓所，由於心生不忿，決定伏擊警員洩憤，他先在梯間的垃圾箱附近遺下手榴彈，決定大開殺戒。或許是臨行前妻子的話打動了他的心，即使李卓有殺警的把握，也沒有繼續泥足深陷，所以最終將子彈射向走廊天花及門楣。由於這個決定，他選擇留在寓所束手就擒。

爺爺在窗邊目送李卓上警車，那名氣宇軒昂的探目為了洩忿，居然在光天化日下毆打了李卓。這一幕，爺爺記住了。

李卓之所以乖乖就擒，不只是源於妻子的苦勸，也是害怕兒女因父親犯案，會弄得被老闆辭退、被學校停學。即使一代悍匪如何梟勇，總得受到社會制肘。由於李卓作案沒有殺人，若認罪入獄，釋放後仍然可以在社會立足，隨時間逝去，兒女亦可以繼續原有生活。

爺爺親歷一代悍匪的故事，寫出來的故事繪形繪聲，報章大賣，但仍猶有餘悸。猶有餘悸的，是報章出賣前，爺爺被要求刪去探目毆打李卓的一段，由於不忿，便問老總這名探目姓名，得到了以下回應：

「藍剛。」

李卓最終被判處七年監禁。

爺爺被老總器重，特別委派他擔當偵查的角色。那個年頭，警察、線人、報館關係密切，在沒有手機通風報信、監視竊聽仍未出現的年代，報館之所以快人一步掌握消息來源，事件發生不久便迅速報導，一切源於記者先行疏通，從線人那邊掌握線索，預先在案發現場待命，才能拍攝珍貴的照片，並即時口述或撰稿，上午發生的事，晚報可以率先報導。

✧ ✧ ✧

雙槍虎將李卓原來叱吒一時，似乎舊香港也有許多傳奇人物。我問嫲嫲為何李卓不打算大開殺戒，想盡辦法脫離險境，那麼便可以東山再起。嫲嫲的回答很直接、簡單，而且有說服力。

「李卓打劫，是為了生存。如果李卓與警員駁火，傷及妻子，他一個人苟且偷生又有甚麼意思？若背負罵名，他的子女永遠抬不起頭做人，倒不如束手就擒，放監後一切從頭開始，又有甚麼問題？人總是善忘的。」

即使遭逢巨變，嫲嫲仍是慶幸居於板間房，起碼也是「石屎樓」，不像一些活在寮屋區的人，居住環境惡劣，還要懼怕狂風暴雨，一記颱風便可以毀掉家園。

「你看，這張照片有甚麼特別的地方？」

「很多屋。」

「你看清楚點，所有房屋都在山上興建。」

「那些住在山頂的，都是富貴人家麼？」

嫲嫲笑我無知。這些用石頭疊砌的平房，屋前僅有簡單的欄杆，門前有些藤蔓，外牆斑駁，屋頂用了水泥板，部分房屋、門窗用木板鑲嵌，略顯殘破。

還有些房屋以木板砌成，用料簡陋，彷彿過不了風季，單看照片已可遙想它搖搖欲墜的樣子。

「爺爺跑到哪兒幹甚麼？」

「去探望親戚啊，就是住在木屋的那位。」

「我們有親戚住在木屋嗎？」

「多的是，你爸有樓住，算幸運了。」

第六章・一九六三・巨變前夕

復華村的惡霸

爺爺有感一直以來過分沉醉工作，忽略了家庭，於是在李卓案之後，便多抽時間帶爸爸玩耍，海心島成為了首選。

沿岸有幾檔艇家候命，見有街坊路過，即上前熱烈歡迎，一艘艇盛載約十人，艇伕頭戴斗笠，帶領遊客展開水上旅程。隨著艇兒愈來愈近，原本寧靜祥和的行程，逐漸被島上人聲鼎沸的浪潮掩蓋。爸爸以為坐艇是免費的，於是以感恩的笑容，向艇家道謝。在同一時間，爺爺從懷中拿出一毫半仙，然後交給海心島碼頭的職員。

某次在回家路上，爺爺帶著爸爸沿著土瓜灣的沿岸回家，看到這

兒開設了大量賭檔，不少工人捧著剛得來的工資，在這兒輸掉了他們的一切。在黃昏的金光映照下，原是美麗的風景，卻見盡人情冷暖，這些人被強大的慾望驅使，期望通過一夕的豪賭擺脫貧窮的生活，卻連家庭的生活費、子女的學費也一同丟棄，輸光了一切的工人，有些神情木訥、有些呼天搶地、有些還鋌而走險，搶走賭檯上的金錢打算逃走，卻被抓起來打得頭破血流，痛不欲生的感覺不僅是皮肉苦楚，還背負著無窮的愧疚，寡言的爸爸不禁問爺爺說：

「你會在這玩嗎？」

「不會。」

「為甚麼？」

「因為沒需要。」

「在這兒玩一玩，錢不是會變得更多嗎？」

「你不見有人輸光了身家嗎？」

這使爸爸無語，也清楚爺爺不會將身家押注在賭檯上。爺爺說，一直以來都有儲蓄，為的是買一個房子，並支持爸爸升學。一直以來，爺爺絕大部分時間都過著顛沛流離的生活，想快點有自己的居所。再者，爸爸的成績名列前茅，多年來囊括全級的頭一、二名，要是不讓他繼續升學，就浪費了他的才能。爸爸聽到爺爺的宏圖，雙眼發光，燃點了對前途的希望。

然而，這些積蓄偶爾也會花在其他地方。香港雖然經歷「雙十暴動」，但社會絕大部分時間算是安定，相反中國不斷經歷動蕩，不少親戚南下香港避難，期望尋找新的機會，怎料香港百物騰貴，只可露宿街頭巷尾。直至街頭巷尾也住滿了人，唯有去山上搭蓋寮屋。

牛頭角山上有一片荒涼的山脊，到處怪石嶙峋，野草叢生。加上地形關係，風勢急勁，而且缺乏水源，不適合居住。那地方距離最近的牛池灣巴士總站極遠，需要步行四十分鐘才可抵達。這條村落又名「復華村」。

財叔，是爺爺的遠房親戚，初到香港，人生路不熟，便買了一堆木板，跑到去東頭村搭建寮屋，可是徙置事務處指斥他並非當地居民，便強行拆了他的木屋，然後被迫搬到了鞭長莫及的復華村，千辛萬苦的再搭了屋子，可惜第一晚便遭強風吹毀，半夜急忙跑到山下暫避。第二晚，財叔留在山上，妻兒露宿山腳。

原本社會局向每戶發放十塊石棉瓦，不過如須按規定建造房屋，則必須用十二塊才足夠。當局分派的木板，只夠做一扇門。提供的六包英泥，也不夠用，需要自己借錢才可完工。爺爺是財叔在港的唯一親戚，接到求助的電話之後，便立即到銀行提款，親自爬上牛頭角山，解決燃眉之急。

當天，爺爺與爸爸乘坐巴士抵達淘化大同廠房，然後艱辛的爬上牛頭角山，按著財叔提供的資訊，到處搜索他的居所。烈日當空之下，幾乎撐不開眼睛，在整個復華村山頭，雖然遍地都是寮屋，卻鋪排得井然有序，一排又一排的屋宇之間，留有一條闊巷，應是防止火燒連環的規劃。

漫山遍野的華人的村落，一個身影卻顯得特別注目。一名年約五十歲的洋籍婦人，身材中等偏瘦，束有短而蓬鬆的捲髮，臉型橢圓，五官清秀，雙眼明亮有神。在這片荒野上，她沒有佩戴任何飾物，衣著樸素，穿著黑色及膝裙子，正在與幾名男人爭執。爺爺一直在動蕩中尋找新聞材料，眼前的口角並非等閒，於是便上前查看究竟，意想不到的是，那名洋籍婦人居然可以說流利的粵語。

「你們怎可以胡亂拆屋呢？」

「滾開吧！這裡沒有你的事。」

在遍地雜物、破木的範圍外，爺爺看到了財叔與他的妻兒，正在傍徨無助的坐在一旁，苦惱地沉思著如何處理迫在眉睫的難題。令人百思不得其解的是，縱使眼前有一名男子帶著兩名苦力，手執鐵鎚等工具，面對家園被毀，至少財叔應該加入爭論，但他卻安分守己，寧願搖頭嘆氣，也不願出手捍衛家園。

面對著眼前光景，爸爸目瞪口呆，大概掌握了眼前大概後，憤怒與驚恐交集，這時候爺爺卻伸出冷靜而堅定的手臂，放在爸爸的肩上，推動他繞過爭執的核心，先去關心財叔的情況。

財叔的妻兒正在啜泣，驚魂未定；財叔則呆若木雞，不知所措。爺爺、爸爸在旁邊一直靜候，俯視四周，才發覺愈來愈多街坊圍觀。爺爺不願財叔一直成為焦點，於是勸他走到另一邊，待他平伏情緒之後，再了解箇中因由，而爸爸則奉命照顧財叔的妻兒。爸爸試圖安慰，怎料又誘發另一場嚎哭。

「我們不肯交『鎖匙費』，他們不僅將佔用官地的部分拆掉，就連合法批地的部分也拆掉了。」

「我們的房子，只佔用了官地的一少部分，若果要拆，拆掉那一部分便好了，為何要整間房子也毀掉呢？」

平日，徙置部的人員定期會到復華村，一邊拿著圖則，一邊尺量屋宇的大小，檢查每一戶有沒有按標準興建，有沒有佔據官地或其他住戶的地段等。這兒的街坊，生活大多捉襟見肘，絕不可能按照政府的要求，購買足夠的材料建屋，唯有向親友賒借錢財，疏導徙置部的人員，請求他們睜一隻眼、閉一隻眼。徙置部的人員認為檢查戶口是「肥豬肉」，當然不放過巧取豪奪的機會。

那天，一名徙置部人員在財叔的屋外丈量屋宇，然後指出財叔的屋角超出了當局批出的範圍，要求拆除。財叔說，房屋都差不多建好了，既然地基都打穩了，又怎樣再搬呢？如果要搬的話，那麼就等同拆卸重建。拆卸重建的話，並非所有建材都可以重用，那麼又會花費一筆開支。徙置人員見狀，立即露出微笑，邀請財叔到未完工的屋宇內詳談。

「財叔，房子蓋了不能拆，我們也明白。如果不想拆的話，那就給我們一些好處吧，你知道，暑天來這個山頭，也挺辛苦的。」

「甚麼好處?我不明白。」

「這兒每一戶都交了『鎖匙費』，交了的話，每日便出入平安了。」

「要多少錢?」

「哈。」徙置人員伸出五隻手指。

「五十嗎？好的，沒問題。」

「你裝傻嗎？五百啊。過兩天我們再來，否則你休想住在這兒了。」

然後，那名徙置部人員拂袖而去。

五百塊，財叔拿不出來。

兩日後，兩名苦力在徙置人員的指示下，不由分說，便將鎚子一下就打在屋上，房屋的木板應聲破損。那時，財叔的妻兒正在屋內休息，突然一記鎚子劈下，落點正在枕頭的旁邊。鎚子的穿透的剎那，換來是財叔妻兒的驚叫，兩名苦力砸破外牆後，再用勾子破壞木板。不消一會，整幅外牆便塌下來，財叔的妻兒來不及收拾，逃到屋外質問苦力的所作所為，但拆屋繼續進行，直至屋宇四壁全遭破壞，屋頂早已歪倒一旁。

復華村的街坊見狀，紛紛上前質問徙置人員與兩名苦力的所作所為，一時情況膠著。那時，財叔從外面回家，才知道家園已被毀爛。

那位中年洋婦從財叔口中得知，有徙置人員心懷不軌，向他索取賄款便知其中大概。於是，便上前呵斥徙置人員與兩名苦力。

「即使房屋佔據了官地範圍，你們也不能將整間房子拆掉！」

「我們只是公事公辦。」

「你們現在是公事特辦，你們教財叔一家今晚怎麼辦？」

「這不是我們管轄的範圍。」

洋婦的廣東話字正腔圓，說話寸步不讓，外表雖瘦削，卻有強大的力量，用力鋪陳理據，使得徙置人員及苦力陷入尷尬場面。結果，徙置人員被迫報警，要求解圍。警員來到，經過一輪查詢，指出徙置人員只是執行公務，若財叔質疑手法，不妨向當局以書面投訴。財叔不識字，唯有託洋婦幫忙。

當晚，財叔一家在牛頭角的某條後巷，撐幾條木條，以布掩蓋周圍，權充寒舍，情況可憐。

懂粵語的「番鬼婆」

翌日，爺爺受財叔所託，為了處理投訴事宜，來到九龍城衙前圍道一幢四層高的唐樓，原來是一所名為「慕光英文書院」的學校，座落於華人聚居的地方，離九龍寨城只有咫尺之遙，這位洋婦居然在這兒出現，想必是傳教士之類的人物。爺爺來到校務處，打算聯絡洋婦，卻不知她的姓名，唯有向職員說要面見「番鬼婆」，不料職員的回應卻令人意外：

「你找葉校長吧？請到四樓。」

原來這位洋婦竟是校長。

爺爺推門進入，洋婦正在講電話。洋婦的滿口流利英語並不教人意外，房內擺著的相片卻讓人感到她並非泛泛之輩。其中一張相似乎在中國拍攝，她在一所教會講道，台下都是一些衣著樸素的平民信眾；另一張應該在香港拍攝，她拿著一根繩子，學童正在嘗試在不用手的情況下吃繫在繩子上的蘋果。再一張是她與香港的官商要員合照。

至於放在檯角的一張，攝於獅子山下、啟德新村一帶，只見農田附近有個大帳蓬，旁邊有一間簡陋的小屋，似乎攝於大概十年前。照片中沒有洋婦的身影，爺爺正在思考洋婦與相中地方的關係期間，洋婦忽然開口說：

「這是慕光的第一代校舍，帳蓬是上課的地方，小屋是校務處及洗手間。後來，我們原地興建了三合土校舍，不過很快就不夠用了，所以我們搬到了九龍城。香港失學的小朋友太多了，我們打算在太子道增設一所分校，只有教育才能改變下一代的命運。」

爺爺點頭稱是。

「對不起，我還沒有介紹自己，我是葉錫恩 Elsie。」

然後，葉錫恩接著說：

「財叔的情況很複雜，徙置事務處的人員受法律保護，拆除僭建房屋不需要負上責任，結果這些政府人員恃著有法例撐腰，恃勢行兇，中飽私囊。」

「那麼財叔怎麼辦？他既身無分文，又無家可歸。」

「如果財叔不嫌棄，他們一家可以先住校舍的天台，物資可以向我們的福利部索取，等到他找到住處了，再搬也不遲。」

「實在太好了！」

「如果香港只有財叔面對這種情況，我們要幫助實在不難，但這不是一宗孤立案件，而是每天都在香港發生。我相信，在香港下一次騷動中，這些被迫害的人都會加入，務求一洩心頭之恨，誰又可以責怪他們呢？」

爺爺想不到，這句說話將來會應驗。

後來，葉錫恩代財叔申請法律援助，但法庭鑑於徙置事務處人員只是執行職務，拒絕了他的申請。縱使財叔可以暫住天台，但他的妻

兒蒙受的威嚇，無法彌補的財物損失，就像一條無法拔出的刺，永遠成為他們生命上的陰影。

回家之後，爸爸關心財叔的下落。

「財叔現在怎樣了？」

「還好，現在暫住九龍城的唐樓天台。」

「那班拆屋流氓呢？」

「不知道。」

「他們沒有被捕嗎？」

「沒有。」

「沒有人去教訓他們嗎？」

「暫時沒有。」

爸爸一言不發，然後繼續做功課。爺爺覺得，在這個時代要做好人很難，辛勤地工作，換來的血汗錢，卻被一班受法律保障的政府人

葉錫恩攝於慕光中學（圖源：香港樹仁大學）。

員奪去。要從法律上去控告他們，即使傾注全副身家也無法彰顯公義，試問在這種情況下，如何教育下一代呢？

嫲嫲見如斯情景，也不發一言。爺爺見氣氛肅穆，便說要到外面走走，順便去油麻地的酒樓打探最新情報。

大毒梟翁宏

爺爺一路走著，一路回顧自己的人生，才發現經歷動蕩的時間，遠多於和平時期。淪陷時期的經歷，現在依然記憶猶新。重光之後，以為一切會好轉，直至十多年前，席捲九龍新界的「雙十暴動」，猶如爆發了一場內戰，雖沒有影響自己的生活，但難保不久的將來又會有另一次暴亂，屆時受苦的不只是自己，還有妻兒。在這個世代為了自保，他寧願安分守己，賺到的每一分毫，希望將來可以送兒子出國留學，尋找更自由、也更安全的地方。

爺爺買了一份晚報，到酒樓找了個位置坐下，本來無意探聽情報，卻聽到行家不斷談論著某人。

「數量太驚人了吧？總共有多少人？」

「應該有二百人。」

「他都能記在腦海嗎？不可能吧？」

「他平日不斷強調，記住相貌是有竅門的。」

這個人的辦公室貼滿了通緝犯的拼圖、照片，無論打劫、強姦、行騙及政治犯等，一律俱全。不過，他向下屬強調，不能只記住長相，還要天馬行空的發揮想像力，這些通緝犯可能匿藏超過十年，或許一貧如洗，或許生活潦倒，或許是整容、易容，相貌會有點出入。這些通緝犯或許是人民公敵，但對於他來說，這些拼圖、照片，就是他的好朋友。

「他試過在休班的時候，抓了一通緝犯，那人還以為可以靠易容瞞天過海，卻居然逃不過神探的法眼。」

「『拼命三郎』真的很厲害。」

「數年前偵破屏山械劫案，早前又逮捕『雙槍虎將』李卓，現在已榮升總探長，兼管九龍新界。還有港島的呂樂總探長，可謂當今警界紅人。」

原來他們在談論的是藍剛。

突然，酒樓部長要爺爺接電話。

「喂，聽到嗎？」原來是老總，居然打到酒樓來了。

「聽到，有甚麼事嗎？」

「我們收到線人報料，尖沙咀漆咸營『走犯』（有犯人走脫），消息很快便公布了，明天我們留了頭版報導，趁現在還早，你去準備寫篇大稿吧。」

爺爺收到老總電話後，便二話不說，離開了喧嘩嘈雜的酒樓，走到彌敦道，攔下了一部的士，全速前往漆咸道軍營。

這時，漆咸營的外圍早有大批警員把守，閒人不得靠近。這兒原本是隔離疫症病人的營舍，後來一些準備遣返或遞解出境的政客、犯人，也會住在這兒，方便在旁邊的碼頭登船離境。不過，稍為有一點常識的街坊都知道，漆咸營外圍只有一道黑色木欄，絕對沒有辦法關押罪犯。這些等待押解的罪犯暫住的營房，雖有警察把守，但「有錢駛得鬼推磨」，罪犯為了逃出生天，寧願重金買通守衛，也不願失去自由。

老總沒有給爺爺任何資訊，只拋下了一句「走犯」便要求寫一篇大稿。爺爺唯有先拿出紙筆，粗略記錄了漆咸道軍營的佈局，盡可能推演犯人的逃走路線。

「從這兒逃走，只有兩個選擇，一是陸路，二是海路。陸路有北、西兩條路線，向北走可前往九龍城，向西行可抵達尖沙咀，但警署設於漆咸道軍營西側，平日應該有不少的制服或便衣警員出入，穿著囚服的罪犯，即使逃過眾多警員的法眼，也要瞞過這兒的街坊。」

漆咸道警署，就在軍營西側，地上滿地煙頭可見常有警員在此群聚，引證了逃犯不大可能由陸路逃走的說法。

如果從海路出逃，罪犯須跨過九廣鐵路路軌，經紅磡填海區，再坐船離去。紅磡填海區域廣大，相等於一個尖沙咀，但仍是一片空地，幾乎是不設防狀態，即使「走犯」事件發生之後，警方依然沒有立即派人搜查新填海區，於是爺爺便趁這片地段尚未圍封之際，潛入查探究竟。

這兒伸手不見五指，全靠對岸港島的霓虹光影確定位置。

在填海區的盡頭，有一位艇家正在休息，於是爺爺便上前搭話。

「還未收工嗎？」

「差不多啦，吃過飯便回去了。」

「平日你都在這兒捕魚嗎？」

「這裡的水流那麼急，根本沒魚啊。」

爺爺看艇上沒有捕魚器具，便覺得這個開場白很無聊，為了完成偵查，唯有硬著頭皮再想其他話題。

「以前尚未填海的時候，我們都會在這兒捕魚，後來愈來愈多工程，水質愈來愈差，我們唯有轉行了，平日接送工人來往港島、九龍，賺些微薄的金錢，都只是僅可糊口而已，日子難過啊。」

這時候，爺爺看到艇上有一套穿皺的啡色的衫褲，隨便散在一角，於是便打算轉個話題。

「艇家上岸前，都會換衣服嗎？」

「不會啊。」

「這不是有一套衣服嗎？」

「這應該是乘客留下的，讓我看看。」

艇家揚起衣衫一看，左胸有一個口袋，袋口的上方有一組數字，這分明是一件囚服，為免打草驚蛇，爺爺壓抑了驚訝的表情，然後再問艇家：

「建築工人下班都會在艇上換衣服嗎？」

「當然不會啦。不過這套衣服的主人也真特別，上艇之後，便將假鬍子貼在臉上，然後拿出一些灰塗在髮上，然後換上恤衫西褲，這人大概是演員吧？」

爺爺心想，這件事一定有人接應，否則不可能更衣易容。

「這位仁兄最後在哪兒上岸呢？」

「筲箕灣啊。」

「這件衣服不要丟掉，恐怕很快就會有人向你討回了。」

「放心吧！我不會據為己有的。」

艇家還以為那位乘客會真的來討回衣服。過了一會兒，警察進一步封鎖新填地及偵查附近海域，這套囚衣也成為重要的證物了。這時候，爺爺已經寫了一篇擬稿，用手繪地圖詳細交代逃犯的行走路線，以及設想乘艇前往筲箕灣的可能，等到警方交代細節的時候，翌日各大報紙經已出版，只有爺爺從事的報館有專文報導：

「【本報訊】本月四日晨，漆咸道集中營一名犯人逃脫，該名男性，中年人，身材瘦削，當時身上穿著囚衣（編號二七一四九）、膠拖鞋。逃犯取道紅磡新填地，乘艇渡海直抵筲箕灣。據接載犯人的艇家透露，該名男子在艇上更衣易容，務求掩人耳目。上岸後，神態輕鬆自若，然後在同謀接應下逃去無蹤。」

相反，其他報章只得一句：

「警方之偵查工作，尚在進行中。」

各報章見爺爺的特稿，均嘖嘖稱奇，及至爺爺再到酒樓打探情報時，眾人均上前查問究竟，驚嘆他的運氣。不久，一位行家指出了爺爺特稿的震撼程度：

「這簡直摑了警隊一巴掌！」

「光天化日之下，怎麼會讓一個囚犯成功逃走？」

「為何記者比警方搶先一步，知悉逃犯的逃走路線呢？」

「就連囚犯編號都有了。」

事發之後，所有駐守漆咸道的警察都被調走，說明了警方正在進行內部調查，一切都源於這篇報導。

這時候收音機的新聞報導，中斷了他們的談話。

「昨日，一名犯人在尖沙咀漆咸道軍營越柙出逃，該名犯人翁宏，約四十歲，五呎七吋高，瘦削身材，現時漆咸道、梳士巴利道及尖沙咀水陸兩路都有警員偵查，請各位留意，如有消息，會即時向大家報導。」

酒樓內再度議論紛紛。

「呂樂與藍剛都在爭取升遷。雖然現時二人都是總華探長，但難保警隊將來可能會增設更高職位。現在九龍地區爆出了這宗醜聞，藍剛一定不肯放過這名逃犯。」

今晚同行都在評論案件，沒有任何新消息，爺爺決定先回家去了。

怎料踏出酒樓之際，便有一名陌生人上前，面露微笑，然後說：

「我是旺角警署探員任蝦，藍剛探長想邀請你前往警署一敘。」

爺爺見來者態度和善，體型瘦削，似乎並非尋仇。然後，任蝦拿出了委任証，證明自己的警員身分。爺爺見沒有其他人同行，放下了戒心，加上自己寫了一篇偵查報導，引發龐大回響，警方派員打算查問內情也是理所當然的事，於是，二人便聯袂前往警署。

藍剛的反撲

夜幕低垂，旺角警署的老舊磚瓦在路燈下顯得模糊不清。進入警署大門，穿過了報案室，一直沿走廊行走之際，爺爺腳步微頓，想起了淪陷時期一度關押在油痲地警署的時光，兩間警署的設計實在太相似，但此行之神秘目的，實在無法讓爺爺靜思既往。二人拾級而上，來到探長室，一名身型中等，身穿白恤衫、深啡長褲的高級警員正在講電話。

「現在不方便講話，有人來了，稍後再談。」

「藍探長，他來了。」

藍剛轉過身來，銳利的目光令爺爺猛然醒來，他的眼神彷彿連環刺針，全部釘向衣衫，自己猶如在砧板上的魚肉，正在等候屠宰。藍剛的眼神沒有任何憤怒，卻炯炯有神，直至看見爺爺站在面前，迅速卸下凌厲的眼光，展示了一抹難得的笑容，然後說：

「來，請坐。」

爺爺乖乖的就座。

「我看過你的報道了，確實厲害，不過我們並沒有追究的打算。」

「嗯。」

「我們想邀請你進行採訪。」

「為甚麼？」

「你會答應嗎？保證你能夠掌握獨家資訊。」

不一會兒，爺爺覺得有警隊保障安全，而且穩奪最新消息，值得一搏，於是便答應了藍剛的要求。雙方約好，兩日後的凌晨一時在旺角警署集合，爺爺估計與逃犯翁宏有關，但不知詳情，姑且靜觀其變。

兩日後，爺爺應約抵達旺角警署，但只能在報案室安坐靜候。過了大概四十分鐘，大隊人馬連同華洋警探陸續出發。藍剛指示爺爺乘坐其中一輛熊貓車前往牛池灣，然後轉乘船隻，經九龍灣、鯉魚門、大廟灣及佛堂門，花了大概一小時，抵達了東龍洲。

大隊人馬紛紛上岸，然後又匆忙地隱伏在一旁更衣。這時候，藍剛探長向爺爺說：

「我們接到線報，假若今天我們不能拿下翁宏，他將會前往沖繩，到時就無法將他繩之於法。」

「那麼我有何用？」

「記錄我們生擒的過程。」

過了十多分鐘，大概十名漁民魚貫步向岸邊，他們的步履迅捷急速，似乎並非水上人，爺爺四處張望，竟發現有一名化妝師正在為警員化妝！化妝師運用一種特殊顏料，模擬出漁民長期日曬的效果，先在臉上塗上一層深色粉底，用尾筆、眼線筆勾勒出眼角及咀角的皺紋，再用海綿蘸取灰色顏料，輕輕拍打在他們的臉頰、額頭及頸項，塑造一種飽歷風霜的粗糙感。最後，化妝師用雙手形塑頭髮，製造一種蓬鬆的感覺，一批「老漁民」便活現眼前。

這批喬裝漁民的警員，逐一領取捕魚工具，然後分批登上漁船，朝著果洲群島出發。為免露出破綻，每艘船均僱用了貨真價實的漁民，利用粗糙、布滿老繭的雙手，握著船槳在海上緩慢飄蕩，喬裝警員則整理漁網及物品，等待藍剛的指示。爺爺沒有化妝，連同一位警員隱匿在其中一隻帆船的布蓬下，在遠處靜觀其變。

時值凌晨，海面一片漆黑，只靠月亮及星光照明，縱使喬裝警員的臉上有瑕疵，翁宏及其黨羽相信都無法識破，這些黝黑的皮膚，更像被烈日暴曬過無數次的樹皮，在夜光的點綴下，深邃的皺紋顯得更像溝壑。

爺爺不黯水性，海風帶著鹹味撲面而來，浪花拍打著船身，他不得不抓緊船舷；相反，如假包換的老漁民，在帆船上如履平地，嘴裡還叼著一根旱煙，熟練地整理著漁網，活脫脫地就是一個在海上討生活的老手。

「怎麼樣，第一次出海吧？」

面對露出一口泛黃牙齒、夾雜鄉音的漁民，爺爺只得以笑遮醜。

環顧四周，海面上還有幾艘漫無目的地飄泊的漁船，正在保持著微妙的距離，若然刻意聯想，就彷彿是巨大的網羅，預備獵物落網。

等了大概一個小時，有一條小船自遠而至，以頗快的速度航行。不過，船上的人似是漁夫，但坐姿筆挺，眼神銳利，似乎在尋覓著某些東西，絲毫沒有漁民的悠閒、疲憊，反而像是一群訓練有素的戰士，準備戰鬥。

就在這時刻，爺爺身邊響起一把聲音，原來身旁的警員，正在與警方的指揮中心聯繫。

「翁宏的船來了？」爺爺問。

「沒錯。」警員道。

「收網了。」原本一直慵懶的警員，瞬間變得精神爽利，爺爺在指示下，一同觀看警員的追捕策略。幾艘船接到命令，開始行動，目標船隻似乎不以為然，只看見漁船慢慢駛近，以為只是尋常活動，又見船上只有漁民，便繼續在海上飄泊。

「別讓他跑了！」四艘船隻差不多駛近目標之際，藍剛一聲令下，眾船迅速包圍目標，務求中斷船隻退路。目標船隻見狀，唯有拼命地加速，企圖衝出重圍，但為時已晚，四艘船隻將之團團圍住，插翅難飛。

「開槍吧！」這時候，有人向警隊射擊，又有人從船隻將一包又一包的物品拋入海中，然後再有人投奔怒海。

「追！一個也不能放過！」這時候，照明彈劃破夜空，將海面照得猶如白日，隨即看到一個身影在海浪掙扎，拼命游向岸邊。

「是翁宏！他上岸了！」大概十數個警員跳入海中，似乎忘記了海水的冰冷，深一腳淺一腳地追趕著。然後，四艘船隻又從後趕至，這批警員沒有追趕翁宏，迅即分布在島嶼沿岸，防止目標人物在縫隙中跑掉。

爺爺在後勤的警務人員陪同下，登上果洲島等候。未幾，一批警員將全身發抖的翁宏押到岸邊。等到水警輪駛至果洲島，藍剛指示警員押送翁宏上船，再嚴密看守，防止再度逃脫。待一切調度妥當後，藍剛向爺爺說：

「我們在礁石後面找到翁宏，那傢伙全身濕透，滿臉疲憊，掩蓋不住眼中的驚恐。」

「那傢伙靠易容化妝逃脫，我們以彼之道，還施彼身，他應該沒有想過，我會用同一招對付他吧。」

爺爺心想，藍剛的確厲害，但翁宏並沒殺人，又為何需要驚恐？

藍剛派遣蛙人下海搜查，在水底發現兩盒經過妥善包裝的物品，經過開封拆解後，原來是海洛英。探員指出，翁宏是一名毒梟，在亞洲多國被通緝。

爺爺為了實踐承諾，再寫了一篇獨家報導，親述藍剛探長逮捕國際大毒梟的經過，寫得繪形繪聲：

「【本報訊】從漆咸營逃出的翁宏，昨天在果洲群島落網，警方窮幾個月追緝之力，卒在昨日凌晨三時根據情報，確定翁宏準備逃向日本沖繩島，於是九龍總華探長藍剛親自率領警員多人，預先喬裝漁民，偽裝出海捕魚，分乘四艘漁船在果洲群島布成監視網，各人均穿上避彈衣，猶如臨陣作戰。

到了三時十分，海面傳來一陣馬達聲，四艘漁船立即展開包圍，並用擴音器勒令停駛，但該船仍不理會，反而開盡馬力逃走，迫得警員遙距開槍掃射。這時，有物件從船上拋入大海，更有人跳海，警方施放照明彈，又拋下救生圈，但此人只顧向岸上游去。警方便派員登上果洲島，果在一塊大岩石後找到翁宏。

隨後，警員派蛙人下海打撈翁宏拋入大海的物件，經查明是海洛英。翁宏惡行昭彰，經過四個月的追蹤，至此才暫告一段落。」

翁宏經過香港法庭審訊後，以逃獄罪名判處監禁兩年。刑滿後遞解出境，送往台灣之後，瞬即被當局以販毒、運毒罪逮捕，然後判處死刑。

此事不僅令警隊一洗頹風，而且令藍剛的聲望日隆。這篇報導，讓銷量直線上升，爺爺還得到了年終分紅。不過，爺爺真的太累了，一直發生的連環大事，實在令他身心俱疲，決定向報館申請了一個月的長假。

公僕？

「爸，今晚出去走走嗎？」

這年夏夜，蟬聲陣陣，父子最愛飯後散步，尤其經過油麻地彌敦道一帶時，滿眼千色霓虹，總能勾起爺爺的許多回憶。

「十多年前啊，這兒的商鋪還寥寥可數呢！」爺爺指著遠方閃爍的燈牌，笑呵呵地說。轉眼間，這片夜色已是霓虹交織，為了抓住別人的目光，那些「單眼佬涼茶」、「大方公司」及「新雅大酒樓」都紛紛懸掛起大型招牌，其中最奪目的還是「百老匯大戲院」，不僅採用鋼筋混凝土框架，而且底層鋪設水磨石，還有牛奶公司開設的餐廳，長期座無虛席，在外排隊的人多不勝數。那次，爺爺帶爸爸看完了《如來神掌》後，爸爸便要嚷著食雪糕，然而人潮洶湧，隊伍看不到盡頭，唯有退而求次，去廟街食糖水。

一路沿著彌敦道南行，一些霓虹招牌仍然高懸，但部分卻黯然失色，似乎反映著商業區的新陳代謝。瓊華、龍鳳酒樓外牆的版畫，仍然諷刺時弊，最新的一幅巨型版畫，有標題大字「有朝一日」，版畫反映香港社會的不同問題，正中有大字「每層五十呎，每尺大牛一磅」，其中一家四口窩居陋室，寢室、廚房及廁所同在一處，寓意樓價飛升；一班市民蜂湧投資股票，旁邊卻有大閘蟹的廣告，意味著未來的經濟前景充滿不確定性。同時，加租、加價浪潮不斷，百物騰貴，小市民只能不斷加班，賺得僅僅足夠的收入，勉強的過著窮苦的日子。

爺爺一邊解說版畫的意思，爸爸卻唯獨不明白大閘蟹的含意。

「大閘蟹是如何走路的？」

「向横走啊。」

「所以就比喻股票走勢，一直横行，沒有上升。」

「為甚麼那些蟹要綁著呢？」

「買了股票的人，既賺不到錢，又不捨得放售，就好像螃蟹被綁著了一樣，不能動彈。」

「我們有買股票嗎？」

「沒有，哪來的錢啊？」

當時家中的錢都存進了銀行，對爺爺來說，股票都是有錢人的玩意，做人還是踏實一點比較好。

終於來到了廟街，這兒十年如一日，仍然有許多臨時搭建的棚子，以防水布作為牆壁。棚內燈光璀璨，大光燈集中在表演者身上，身後有人彈奏古箏、二胡、琵琶及笛子，譜出豐富多彩的旋律。

棚外仍有不少觀眾，大多是長者，有的站著，有的坐在自帶的小板櫈上，隨著唱戲者的演繹，他們的神情亦會隨之轉變，哀傷、愉悅、釋懷、感動，但專注始終不變。

廟街的夜市依然多姿多彩，各種攤檔售賣地道小吃及雜貨，爺爺想起戰後初年修頓球場大笪地的時光。在尋找糖水鋪的時候，碰巧有兩位軍裝警員來到廟街巡邏，其中一位拿起帽子，然後將之反過來，再伸向攤檔的主人面前，看檔的婦人識趣地將一個信封放在帽子裡面。

誰也知道，信封內的是金錢，警察來，是為了「收片」◆。

「這樣真的沒有問題嗎？」爸爸問。

爺爺不語。

「這些人向檔販索取金錢，這算犯法吧？」

「我們走吧。」

「怎麼可以這樣呢？」說罷，爸爸怒瞪軍裝警員。

「你在幹甚麼？」爺爺連忙拉著爸爸離開。

爸爸不願離開。

幾秒後，這兩位軍裝警員來到了旁邊的糖水檔口，檔主反過來主動地獻上金錢，但警員卻拒絕接受。這名婦人急得慌了，不知如何是好，便不斷訓令她的小女兒向警員認錯，卑微得猶如奴隸向主人獻上貢物，若不被主子接受，下場定必淒慘。爺爺見狀，便伸手放在爸爸的肩膀，示意離開，怎料右手與肩膀接觸之際，卻感受到爸爸傳來的憤怒。爺爺明瞭身旁的兒子已經長大了，有著嫉惡如仇的性格，此時此刻若不行動，爸爸的怒火便一發不可收拾。

於是，爺爺便上前向婦人說：

「來一碗綠豆沙。」

爸爸還搞不清楚爺爺的動機。這時候，爺爺便向婦人的女兒說：

「小朋友，你趕快把禮物交給警察叔叔吧，要是遺失就不好了。」

巡警也搞不清楚爺爺的動機，為免打草驚蛇，便拿走小女孩的獻金，然後轉到下一個目標了。

「這不是助長歪風嗎？」

◆ 編註：「收片」，指五、六十年代警察向攤販收取保護費，是貪污行為。

「剛才的情況也沒辦法。」

「不給不行嗎？」

「你看不到警員拒收金錢的時候，婦人有多焦急嗎？在這兒擺檔，必定有黑道來干涉。若得不到警力的支援，婦人可能連擺檔的機會也沒有，到時如何維持生計呢？」

爸爸不語。

「吃完就回家吧。」

過了幾天，爺爺怕再遇上突發事件，決定不再去廟街了，於是一家三口決定去荔園。在九龍城碼頭乘坐巴士，花了一小時才抵達，這兒在翻新過後，鋪設了紅磚，擴闊了通道，廣植花草樹木，不過那時荔園遇上了啟德遊樂場的挑戰，入場人數下跌，所以爺爺決定趁機去荔園玩樂一番，減省排隊輪候的時間。

擠提

荔園，總是設有各式各樣的機動遊戲，摩天輪、過山車、騰空飛艇、碰碰車、碰碰船等，無一不具吸引力。「旋轉咖啡杯」隨著音樂輕快地自轉及公轉，在音樂及燈光效果襯托下，竟營造出浪漫的感覺，於是爺爺便帶著嫲嫲玩了兩次，爸爸只得發呆在旁邊靜候。

為了安撫爸爸，一家三口便去「掟黑白階磚」，這遊戲規則簡單，要將硬幣擲向黑白相間的階磚檯上，若硬幣精準地落在白色範圍且不壓線，便會獲得箭牌香口膠（口香糖）一份。這個具有賭博成分的遊戲，成功令爸爸賠上了半個月的零用錢，爺爺嫲嫲苦勸無效，最終爸爸「慘勝」，只換得香口膠一份。

整個荔園最受歡迎的動物，無疑是「大象天奴」，牠有一身粗糙且佈滿皺褶的深灰色皮膚，耳朵寬大如扇，輕輕搧動著。粗壯的象鼻垂落下來，鼻尖微微顫動，似乎在探尋著空氣中熟悉的味道。牠慵懶地站在圍欄，享受孩子們的圍觀，猶如動物園的明星。

圍欄將天奴與市民隔開，卻無法阻擋彼此之間的互動。一群天真爛漫的孩子好奇地打量著眼前的龐然大物，有的伸出手臂，想要觸摸天奴粗糙的皮膚；有的則目不轉睛，生怕錯過牠的任何一個小動作；還有的則熱烈地討論著，分享著他們對大象的了解和想像。為了更近距離地觀賞天奴，孩子們一個個踮起腳尖，努力地探出小腦袋，透過圍欄的縫隙，想要看得更清楚。

這時候，爸爸買了一根香蕉，在天奴面前高高舉起。天奴似乎也察覺到爸爸的意圖，緩緩地將巨大的頭顱轉過來，深邃的眼睛夾帶著幾分好奇，注意著爸爸手中的香蕉。

爸爸見天奴注意到自己，便興奮地將香蕉往前送，大聲說：「給你吃吧！」

天奴似乎聽懂了爸爸的說話，長長的鼻子猶如靈活的臂膀，帶著試探的意味，緩緩的向前伸來。其他孩子見狀，莫不發出驚嘆的呼喊，目不轉睛地盯著天奴的鼻子，生怕錯過任何一個細節。

爸爸沒有畏懼，還將手中的香蕉遞得更近了些。

天奴的鼻子先觸碰爸爸的手指，然後輕輕一捲，瞬間便將香蕉送入口中。在場的孩子們看見這一幕，莫不拍手叫好。

那年的天奴，仍然充滿活力。

爺爺放假的日子，除了帶著爸爸看電影、逛夜街、去荔園外，還少不了去茶餐廳。最初，香港只有冰室，售賣各種飲品及小食，後來在各業競爭之下，開始兼賣炒粉麵飯。每逢星期一的下午，爺爺都會帶爸爸來這兒吃午飯，原來這兒除了美食外，街坊們也熱衷於討論民生議題。

爺爺、爸爸好不容易找到了一個位置「搭檯」（與不認識的顧客坐在同一圍檯，一起用餐），旁邊的顧客早已開始了龍門陣。

「啊，又加價了。不是新年才加了一次價嗎？」一名顧客不滿地說。

「現在幾乎無所不加，就連擦屁股的成本也比以前高了。」另一名顧客回應道。

爺爺將目光移到餐牌，驚訝生炒排骨飯又漲價了，足足有兩毫，立刻自言自語，說：「真的又加價了。」

此時，爸爸只顧向侍應招手，然後點選他最喜愛的生炒排骨飯。不多久，同桌的顧客離開了，留下了兩份報紙，頭版是葉錫恩上書英國政府，指斥香港眾多政府部門收賄成風，然後羅列了一眾香港市民向她舉報的案件，為保護受害人身分，所有姓名全部略去。報章除了刊登受害人的個案，還有葉錫恩的一句話：

「無論政府實行甚麼政策，貪污受賄總是能使它們化整為零。」

爺爺雖然休假，但看到了葉錫恩的勇氣，也想趁這個機會拜訪，順道為爸爸打探升學路徑。

他們來到了太子道的新校舍，想不到在校務處碰見了葉錫恩，她正在向電話筒大聲地說：「你能否派一個會用頭腦的人來考察學校的火警安全問題？」然後便掛斷了電話。當她看見爺爺來訪，便立刻換上了另一副面容，親切地說道：

「哈囉，你來了，請坐。」

「沒事吧？」

原來，葉錫恩剛剛租下太子道的一個單位，預備再辦一間分校。根據香港法律，學校的門必須能夠向外打開，方便火警的時候逃生，但他們租的房子，門是向內打開的，並不符合消防條件。如果將門改成向外打開，樓梯便會被阻塞，學生便無法逃生了，於是葉錫恩想了一個辦法，在單位用鈎扣住門板，這樣便可以暢通無阻，就算火警也不會妨礙逃生了。然而，這些巡查的消防人員卻一定要按本子辦事，所有門都要向外，這位洋籍婦人怒極了，於是便直接致電消防處長投訴。

「不管了，我們先聊吧。」

「前幾天我在另一報章看到你的訪問。」

「嗯，現在貪污幾乎不可動搖。我唯一可以做的，就是盡可能揭露問題，直至我被遞解出境為止。」

那時，如果香港居民並非香港出生，按《拘留和遞解條例》，他們必有可能先被監禁，然後遞解出境。這條法例，導致警察可以無所顧忌地進行貪污，受苦的是廣大市民。

爺爺、爸爸聽到葉錫恩的宣言，驚嘆這位來自英國貧民窟的婦人，居然願意為毫不相干的香港貢獻一切，一時間不懂得如何回應。

「九龍城警署有一位叫『吳四眼』的警察，因為他戴眼鏡。某天，一位小販拒絕交錢，吳四眼便將小販按在地上，踢得老人家肋骨斷裂，然後送院救治。我聽到這惡行後，便親自求證，原來在場有幾十人看見事發經過，但全部都不敢作證，原因是吳四眼為所有在場人士都拍下了照片，警告誰人膽敢出庭指控，全家生計就會毀掉。」

「後來，一名目擊事件的街坊願意作證，然而到開庭審訊的時候，那名街坊卻沒有出庭，原來這位街坊因被控販毒入獄了。縱使出庭作證，他的證供的可信性亦會大打折扣。」

「那名受傷的小販復元後，打算重操故業，某天卻被人截住了，鞋子及現金全被盜去，還綁起來，拉到遙遠的新界。雖然報警求助，但警察只讓他走回家。由於他身無分文，唯有照辦。」

爸爸想起了那天廟街的事。過了一段時間，消防處長大駕光臨，葉錫恩再次重複剛才提過的理據，指出校方用鈎扣住門板，便可解決消防問題。處長實地視察之後，便立即回答：

「這是解決問題的唯一辦法吧。」

爸爸驚訝這位洋婦，居然連消防處長都要親臨來應對她，於是脫口便說出了這句話：

「你很厲害啊！」

「這是我們每一個人都應該做的事。」

這時候，爺爺便道明來意，在三人傾談期間，一直在播放的收音機奪去了爺爺的注意力。

「明德銀號於今日突然停業，數以百計市民前往銀行要求提款，場面一片混亂……」

爺爺的笑容變得僵硬，手中的茶杯微微顫抖，一些茶水灑落在褲子上，他也渾然不覺。

「……據悉，該銀行因過度投資地產，目前存款準備金不足以應付儲戶的提款需求。」

播音員的聲音鎮定，爺爺卻眉頭深鎖，慢慢的放下茶杯，臉色也變得蒼白。葉錫恩留意到爺爺有異樣，便關切地問：「權叔，怎麼了？你的臉色不太好。」

爺爺深吸一口氣，然後強自鎮定，說：「沒事，我們繼續。」

✧ ✧ ✧

家中有一個傳說，就是在一九六五年明德銀號倒閉之後，家裡失去了大部分的存款，導致爸爸無法到海外升學。

白布袋中，有一本舊式存摺，紅色本子的墨印數字，證明了爺爺、嫲嫲擁有一定的儲蓄。存摺上有些人手寫的字跡，記錄了每一筆存款的來歷，最後一筆的入帳是一九六四年十二月。

為何沒有一九六五年之後的存款記錄？

在這些舊物中找不到證據，不過爺爺遺下的其中一張新聞照中，卻找到了解釋。

一名神情激動的婦女，站在明德銀號分行前面，正在試圖掙脫警員的制肘，打算取回存款，卻不得要領，她身穿長衫及碎花長褲，大概是基層市民，難怪歇斯底里，這是誰人的錯呢？

「家中真的有存款放在明德銀號嗎？」

「是的。」

「那麼這有影響父親去海外升學嗎？」

「沒有，是他決定不去的。」

疑問雖然解除，但好奇心驅使我繼續追問下去，究竟這些存戶最終能否取回存款，當時爺爺、嫲嫲及爸爸如何渡過難關？一九六五年持續不斷的加價潮，究竟與銀行倒閉有沒有關係？在這個大時代，爺爺、嫲嫲及爸爸受到了甚麼影響？

第七章・一九六五年・九龍

明德銀號倒閉

爺爺心不在焉，那場聊天便草草結束了。送走爸爸回家後，他便立刻動身前往尖沙咀彌敦道明德銀號分行，這回，他不再是記者，而是一個滿懷忐忑的存戶，打算討回自己的存款。爺爺當年看中了明德銀號的利率較高，為了爸爸的升學，存了一筆款項，然而世事難料，明德銀號卻突然倒閉了。

當他抵達時，擠提的人龍早已塞滿了尖沙咀彌敦道近威菲路兵房的一帶，人龍之中，絕大部分是華人、印度人及外籍婦女，他們並不限於低下階層，顯示著焦急不安的神情。

一位外籍婦人，因久候全無消息，情緒崩潰，當眾落淚，一見到熟人便泣訴自己曾在銀號存款四千港元，想到畢生積蓄可能化為烏有，立即昏厥。

銀號的正門及側門都拉下了鐵閘，銀號內的兩位職員顯得手足無措，加上外籍婦人突然暈倒，引來不少人圍觀。

一名熟客來到銀號門前，打算與裡面的職員對話，但只能隔著一道玻璃門，用手語交流。

一位中年男子靈機一觸，成功致電銀號職員，但只等到一句「無可奉告」。

大概中午時段，一班身穿正裝恤衫西褲的華洋人員抵達，在警察的協助下進入銀行，隨即將鐵閘拉下，一班記者及市民蜂湧而上，可惜全被擋在門外。

當天晚上，爺爺眉頭深鎖，臉色凝重，罕有地沉默寡言，嫲嫲則在一旁不停地安慰。

爸爸已不是小孩了，心中隱約感到不安，於是試探地問：「發生甚麼事了？」

嫲嫲猶豫了一下，目光轉向爺爺，似乎在徵求他的同意。爺爺心想，銀行的積蓄是留給爸爸升學的，不可能瞞著他，於是他用微顫的手放下了筷子，嘆了口氣，便沉重地說：

「我們有一部分的積蓄，可能拿不回來了。」

爸爸心頭一震，理性上明白了大概，但又不願意相信。

嫲嫲只得解釋一遍。

爸爸聽完，只說：「我要外出走走。」

「這麼晚了，你去哪？」嫲嫲急了。

「讓他去吧。」爺爺說。

翌日，明德銀號中環總行、尖沙咀分行外的輪候人龍，依然有增無減，人數多達三百人。尖沙咀分行最為誇張，人龍分成兩條，一條由彌敦道南向梳士巴利道延伸，一條由彌敦道北行往柯士甸道排隊，警員不單在場維持秩序，並且安撫市民，可惜大眾仍然愁眉不展。

白晝時分，數百市民在街頭輪候。

一位老婦由中午開始排隊，一直苦等至下午五時半，直至警員勸她離開，可是老婦懼怕平生積蓄化為烏有，誓死不走，還向警員下跪請求協助，若非老婦哭至昏厥，送院治理，否則可能長跪不起。

晚上時分，尖沙咀的「企龍」變成「臥龍」，眾人帶備蓆子，紛紛睡在銀行門前，天真地以為銀行若一開門的話，便可提走所有存款，人群高峰的時候有七百多人，恐慌情緒在街頭瀰漫。

兩天後，明德銀號宣布破產。

唯一慶幸的是，爸爸還只是個初中生，爺爺還正值壯年，即使一部分的積蓄丟了，還是可以再儲蓄。在明德銀號倒閉後，又有廣東信託銀行破產，恆生、遠東、永隆、嘉華、道亨及廣安銀行連環爆發擠提，不少家庭因此失去所有，爺爺就如一眾香港人一樣，有一段時間寧願將現金寄存家中，也不願在銀行儲存，由於當時入屋行劫、爆竊案件的數量急速上升，最終人們還是乖乖地將積蓄存入銀行。

反加價行動

某天，爺爺獨自在茶餐廳稍作歇息，由於不能「白坐」，要在菜單上選價錢便宜的食物。他皺著眉頭，低聲自語：「又加價了，這年只過了四分之一，已經漲價了兩次。」於是決定點一杯「飛沙走奶」(黑咖啡)便算了。爺爺覺得儲蓄似乎愈來愈難，甚麼東西也在加價，吃的、穿的都在加，連車費、房租都要加，只有股票在暴跌，近幾年的繁榮突然煞車，一向享受著安定生活的人，突然成為失業大軍的其中一員。

這時候，收銀處那邊傳來了電台新聞報導，聲音顯得有點刺耳「天星小輪申請加價，由每程兩毫增加至兩毫五仙……」

整個社會被連串的加價消息迫得幾乎發瘋，猶如一個臨危的人在崖邊求援，絕大部分的社會人士紛紛反對加價，但卻欠缺實際行動。

那個年代，在街頭徵集簽名有機會被控阻街。在沒有智能手機的年代，對一個議題表達不滿又不能遊行示威，這時候葉錫恩想到了聯絡各大報章，並附帶以下表格：

> 我同意請願書之內容，反對增加公共交通票價。
>
> 姓名：
>
> 住址：
>
> 日期：　　　　簽名：
>
> 寄九龍太子道二一四號葉錫恩議員

聯署要求港英政府在未來十二個月內，不批准任何公共事業加價。

請願書指出：

「閉門不擇手段增加票價，或採取其他足以殘害民眾的辦法，是不道德的行為。」

幾天後，葉錫恩收集了數以千計的簽名呈交港督，爺爺不以為意，直至晚上回家閱報的時候，看見港聞版刊登的聯署表格被剪去了，於是他轉過頭問嫲嫲：

「你去聯署了？」

「沒有啦，不是你嗎？」

「不是。」

「是我。」

爸爸認為這是義舉，便剪下表格，然後郵寄。他記得，郵寄地址是慕光中學，上一次隨同爺爺去過的學校。

「這些資料會交到政府，萬一被控告煽動叛亂，怎麼辦？」

「表達意見也不行嗎？」

在這個動輒得咎的年代，稍為不順從來自政府的權威，便會無辜地招來橫禍，復華村的財叔、廟街賣糖水的婦人，便是最佳例子，如今爸爸用實名表達抗議，難保他日會被秋後算賬。即使身為土生土長的香港人，不必受遞解出境的法例威嚇，一旦判刑，留了案底，此後的人生也會蒙上污點。

「現在的社會是不講理的，你不知道嗎？」

「就是不講理，所以才表達不滿，何況只是填一張表格，寄一封信而已。」

嫲嫲見陷入膠著，於是便嘗試打圓場：

「不要想得太遠啦，就連明天要炒甚麼菜，我還沒有想好呢！你們快給我想吧！」

爺爺與爸爸的爭論暫時終止。

爺爺的反應，也不代表畏縮，而是他想不到有甚麼出路。街上的無牌小販愈來愈多，意味著愈來愈多人失業，政府沒有寬待他們，還視之為眼中釘，派遣管理隊掃蕩，導致小販過著流浪的生活。在這個時候，警察乘機收片，若果拒絕，輕則判處罰款，重則告上法庭。為了息事寧人，小販絕大多數願意將自己的血汗錢獻給警察，但黑社會的各式敲榨沒完沒了，他們還是在慌張中過日子。

在這種困局下，爸爸一代的年輕人，從日常生活中理解窮困的意義，從上一代口中體會絕望的心情，巨大的鬱悶困擾著他們。面對著千瘡百孔的社會，只要有一點刺激來到，便會一發不可收拾。

一九六六年三月，除葉錫恩外，交通諮詢委員會一致贊成天星小輪加價。四月一日，港英政府還增加所得稅、薪俸稅、汽車牌照費、郵費、廉租屋租金及停車場收費等，輿論譁然。

四月四日兒童節那天，爺爺去尖沙咀天星碼頭，打算乘坐渡輪前往報館的總辦事處，然後買爸爸最愛吃的鏞記燒鵝。新蓋的海運大廈成為九龍的寵兒，遊人在任何時候都絡繹不絕，但焦點卻落在碼頭行人道的一處。那兒，聚集了一堆人群。一名男子穿著黑褲黑外套，踩在垃圾筒上，登高振臂，將手臂勾在簷篷。黑外套的背面，用白色字寫上「絕飲食」及「反加價潮」，衫袖用中英文寫上「支持葉錫恩」等文字。

「加價，這件事正是一個開始，樣樣都加價，不是一個『斗零』◆這麼簡單的問題，加百分之廿五，則（天星小輪）純利大增百分之卅一。這還不要緊，但會引發整個社會的加價潮。

我並非一個傻佬，單單寫信、簽名，而無實際行動表示反對，政府是不會理會的，我這樣的行動，是最起碼的表示。」

這些說話，彷彿道出了所有在場市民的心聲。即使圍觀的人愈來愈多，阻塞了天星碼頭的進出，也沒有怨言，更互相訴苦，異口同聲指出百物騰貴，難以負擔。

除了傻子瘋漢外，爺爺從沒見過這種行為，在眾目睽睽之下，以最突出、清晰的方法反映訴求。見人流不散，便去買了一杯飛沙走奶，站在一旁看事態發展。不多久，有兩名警員來到青年面前：

◆ 編註：「斗零」為港元「五仙」硬幣之俗稱，即 0.05 港元，至 1989 年 1 月 1 日停止流通。

「老兄，請快點離開吧，你看！這麼多人圍觀，天星小輪根本無法做生意，你去其他地方吧！」

「甚麼？」青年裝作聽不見，反而大聲反問。

「我現在再次發出警告，請你盡快離開！」

「有人圍觀不是我的錯吧？如果明星大駕光臨，你會去抓他嗎？」

警察不得要領，未幾默然離去。

爺爺估計青年的行動不會長久，最低限度累了也要回家休息吧，於是待了一會兒便先啟程返回港島，大概傍晚時分，帶著鏞記燒鵝回到尖沙咀天星碼頭，驚訝那位青年還站在原來的垃圾桶上，駐足的人不減反增，這時候，又有一位軍裝警察上前警告，獲得以下回應：

「我反對加價，你都有益處，難道你可以免費過大海嗎？」

想不到青年就這樣送走了警員，還賺得了全場人士的歡呼。

拿著燒鵝的爺爺，想不到這名青年居然異軍突起，堅持半日仍然屹立不倒，他決定，若青年撐得到明天，就要做一篇專題報導。

四月五日，爺爺在早上九點半便來到了尖沙咀天星碼頭，但已看不見青年蹤影，心想此人為了自保，宣示了立場便見機撤退，也是平常事。正當爺爺打算離開之際，那名青年卻從的士下車，穿著相同的裝束，進入碼頭廣場之後，再次踩上那垃圾箱，做出前一天的動作，繼續絕食抗議。

「先生，你覺得這樣做有用嗎？」旁邊的記者搶先一步進行訪問。

「如果沒有用，你會來採訪我嗎？」

「你覺得怎樣做才可以讓政府撤回加價呢？」

「最好有更多支持者，分別在中環及九龍天星碼頭進行聲援，讓政府知道市民反加價的訴求。」

這次由個人發起的抗議，居然可以延續兩日一夜，經過電台新聞的廣播，引來意想不到的效果。

過了一會兒，便有其他青年加入抗議，中午時分，又一位青年預備了一塊黑色紙牌，用白油寫上「絕食第二日」的中英文字句，懸掛在走廊的一條鐵枝上。未幾，再來了一位青年，拿出了一塊早就預備好的木牌，上面寫著「反加價抗議到底」的字樣。

事情似乎一如青年所料。下午時段，港島天星碼頭有六位抗議人士，呼籲市民簽名反加價；另有兩名在尖沙咀天星碼頭，則不斷高喊反加價口號。

此時，尖沙咀天星碼頭已經有超過一百人聚集，長此下去必定生變。

「這樣發展下去，抗議的聲音真的會愈來愈大。槍打出頭鳥，這名青年撐不了多久。」爺爺心想。

兩名華籍警員行抵青年身旁，很不客氣地說：

「你現在還走不走？」

「（向著圍觀市民問）你們認為怎樣？」

市民支持的聲音此起彼落。兩名警員聽罷，立即拘捕青年。一名女子立即上前質問：「你為何拘捕他？」兩警不答，便將青年押上警車帶走。

後來，爺爺才知道被捕的青年叫蘇守忠。

九龍大遊行

夜色如墨，籠罩著躁動的香港。那一小撮在場的示威青年，決定乘船渡海，前往港督府提交請願書。其中一位格外顯眼——他佩戴黑框眼鏡，文質彬彬，衣著與那些被捕者無異，同樣身穿黑色外套，身上醒目的白色標語宣示著「反加價」的決心。他身型瘦削，卻似乎比旁人更多了幾分倔強與堅定。爺爺聯同一班記者，決定隨他們前往港督府，為了抓緊時機，便向這位青年提問：

「你叫甚麼名字？」

「盧麒。」

「你為甚麼要加入絕食抗議？」

絕飲食
hunger
strike
Fare

絕食第二日

「因為反對加價，完全符合公義。」

「去了港督府之後，你們有甚麼打算？」

「這件事應該有更多人站出來支持，不一定靠絕食才能達致目的。」

盧麒沒有正面回答爺爺的問題，他們一行數人由中環天星碼頭步行至港督府，隨行的記者比請願人士還要多。一如所料，港督拒絕接見，盧麒等人將信件交到守衛手上之後，便步行前往中環政府合署要求見葉錫恩，向她交代蘇守忠被捕的經過。

「蘇守忠絕食抗議，你有甚麼看法？」

「所有香港人都會為他感到自豪，但我擔心他會坐牢。」

這時候，盧麒向辦事處的人借了電話簿，在場記者都好奇他會聯絡何人進行聲援，怎料他卻打到尖沙咀警署，交代了即晚將會舉辦遊行，人數大概十人，留下了自己的聯絡電話及地址便掛線。

葉錫恩匆匆前往探望蘇守忠，餘下青年再次渡海前往尖沙咀。

當晚九時，尖沙咀天星碼頭的廣場上，人們步履匆匆，有的趕著

1966 九龍騷動新聞照片。

CHARMS
CUSTOM

搭乘渡輪，有的則在碼頭附近漫步，這兒卻人頭攢動，群情洶湧，一場遊行正在蓄勢待發，原來記者經大氣電波將盧麒的計劃公告天下，不少人拿著各式的標語，上面寫著訴求、口號，字裡行間滿是近年對社會現狀的不變，以及改變命運的渴望。

在人群中，年輕的學生佔大多數，他們有的身穿校服，眼神堅定且充滿力量，而盧麒等遊行組織者，在紙板寫上「反加價！堅持到底！」等標語。

遊行人數最初大概十五人，那些穿著樸素的青年，一直在行人路上緩慢前進，旁邊是色彩鮮豔的紅色小巴、黃色的士，一面步行一面高叫口號：「反對加價！」遊行隊伍猶如長蛇，所經之處一直有人臨時加入，剛好遇上了尖沙咀樂宮戲院散場，盧麒等人向途人喊話，邀請他們一同遊行，一些人本來就反對加價，經此呼籲便決定加入，在霓虹夜燈照耀的彌敦道上行走。

踏入油麻地、旺角範圍，途經瓊華、龍鳳大酒樓，遊行隊伍抬頭

1966 九龍騷動新聞照片。

看見兩間酒樓繪畫的巨型諷刺時弊版畫，瓊華版畫描繪了一名盜賊，背負著剛剛偷走的大量物件，不只現金、財物，還包括將來、希望與生活，被搶去所有的男士一絲不掛，欲哭無淚的市民只能目送賊人離開。龍鳳版畫的左面是一群沿山坡而下飛奔的狂牛，它們分別名為加價、房租、食米、電話費及交通費，圖右的花朵只能坐以待斃。遊行人士望見左右兩塊巨型版畫，紛紛報以噓聲，突然又一陣口號響起，「反對無理拘捕！」「支持葉錫恩！」「反對加價！」，聲浪就連旺角警署裡面辦公的人都聽得一清二楚。

爺爺聯同一班記者，一直觀察著遊行隊伍的行動，除了盧麒等幾位發起人外，有一小部分童稚隨行，旁邊的一位行家說：

「他們知道遊行的目的嗎？」

這時候，遊行隊伍經過旺角警署，爺爺隱約見到幾名警員在二樓柱廊視察街上的情況，其中一人穿著白色恤衫、黑色吊帶，在夜間顯得特別醒目，就連眉頭緊皺的面目也清晰可見，他認得是總華探長藍剛。他的口中唸唸有詞，時而向部下耳語，時而指向遊行隊伍，似乎在研究一些事情。

街上的人群一直和平有序地移動，防暴警察也從容地在隊尾隨行，教人不明白為何身為統率全港秩序的總華探長要憂心忡忡。

爺爺的腦海浮現出警察收片的畫面，又想起這些年來香港各種千瘡百孔的腐敗情況，救護員要收到「茶錢」，才會接載瀕死的病人。醫院的姑娘苛索「服務費」，才會向病人提供涼水。消防隊「有水放水，冇水散水」，市民不行賄，便只能睜開眼看著家園焚燬。

這一切問題，源於警察反貪污部的不作為，可笑的是，反貪污部隸屬的警隊，本身便是全港最大的貪污組織，試問在知法犯法之下，又如何整肅全港的貪污問題？這班年輕一代是勇敢的一群，無懼拘捕在街上宣示訴求，而他們擁戴的葉錫恩，又是著名的反貪先鋒，難怪藍剛愁眉不展。

遊行隊伍在旺角彌街折返，晚上十一時半返回尖沙咀天星碼頭，盧麒在廣場演講，招來助理警務署長薛畿輔的注意：

「殖民主義應該繼續存在嗎？」

爺爺累極了，將邊行邊寫的稿件交給同事，自己先行回家休息，預備明天再跟進事態發展，踏進家門的一刻，已經是凌晨一時了。

教人難以理解的是，此刻爸爸剛剛洗過澡，正在與嫲嫲聊天。

「怎麼了？這麼晚還不睡？」

「剛剛去了同學家溫習，期中測驗快來了。」

爺爺一家三口同睡一房，爸爸的校服懸掛一旁，一陣又一陣的汗味撲面而來，經歷大半天的奔波，實在沒法再管理兒子的衛生問題，溫習進度也沒有過問，連他自己也沒有洗澡，關燈、上床，不消一會兒便睡著了。

翌日中午，爺爺姍姍來遲，抵達油麻地的酒樓，集齊了絕大部分的行家，紛紛七嘴八舌地討論著遊行。

「我收到線報，今晚一定會亂。」

「為甚麼？」

「線人說：『有人今晚會搞破壞。』今晚勢色一旦不對，就趕快離開吧。」

「這些空穴來風的傳聞，可以相信嗎？」

「信不信由你，一旦中招了，咱們在醫院見吧。」

「為何線人會知道消息？為何無端的會有人搞破壞？」

「社會有這麼多窮人，有這麼大的怨氣，有甚麼奇怪呢？」

「好啊，想偷電視、偷洋服，乘機搞破壞，將所有罪名推到這班青年身上便好了。」

傳言總歸傳言，爺爺不太相信有人指使黑社會、流氓搞破壞，但立心不良的人若果趁機作亂，便將對這班年輕人非常不利。

時間尚早，爺爺再次來到太子道慕光英文書院，追訪葉錫恩探訪蘇守忠的經過，想不到尚未踏進學校，便見有人神色緊張的來找葉錫恩，稍稍走近一看，那人已經滿額汗水，陳辭迫切地說：

「旺角警署的警務人員將收買『爛仔』（流氓）擲石，並指控你是背後黑手。」

葉錫恩冷靜地指出，這可能只是虛假信息，事件未發生，不必憂慮。就算真的發生了，也無可奈何，她平生清廉，如果有證據大可交由法庭處理。

不一會，那名通風報訊者便神色匆忙地離去，生怕會被其他人發現。

「你會怎麼辦？」爺爺問。

「與貪污鬥爭是我的使命，要是為使命犧牲，我死而無怨。」

是的，即使將所有罪名強加在葉錫恩的頭上，即使法庭判她有罪，這名中年女子也絕不動搖。於是爺爺只能勉勵一下，便先回家吃個早飯，預備晚上再次觀察遊行隊伍的行蹤。盧麒等人聲言今天會再次遊行，直至政府聲言撤回加價為止。

時屆傍晚六時，嫲嫲在桌上早已擺好了兩套碗筷，爺爺推門而入，不見了爸爸，便說：

「他上哪兒去了？」

「去溫習嘛。」

十多個小時前的凌晨留下的困惑，這時讓爺爺清醒過來，兒子昨天去哪兒了？只見爸爸的書包歪斜地放在遠比平日凌亂的書桌上面。

「他不是說去溫習嗎？書包還在這兒。」

「大概可能只拿走講義，沒有帶書本罷了。」

不帶書包，又如何帶走講義呢？爺爺帶著狐疑一邊吃飯，一邊想著爸爸在搞甚麼鬼，但想起當晚的採訪任務，又正在催促他停止思考，心想爸爸一向好學，不會去玩吧。

黃昏時分，爺爺與一眾記者在南九龍伺候，定期更新尖沙咀、油麻地及旺角的最新情況。初時，各區都有三五成群的年輕人，向途人簡介、演講，宣揚反對天星小輪及各項公共事業加價的理由。

「一切都很平靜，絲毫不覺有人搞事。」爺爺心裡這樣想著——像過往那些風浪，終究還是會過去的。

想不到，再過兩個小時，情況就起了翻天覆地的變化。

油麻地眾坊街有數百人聚集，擠擁得佔據了馬路，並且高叫反加價口號，人數愈來愈多，聲勢相當浩大，叫聲逐漸變成罵聲，猶如開戰前的叫陣。

不久呼喊口號的聲音愈來愈大，罵聲愈來愈狠，用詞愈來愈激烈。

盧麒並一眾領頭人，嘗試呼籲群眾冷靜，但不得要領。

突然，不知從哪裡來的石塊、竹竿，向警方的防線擲去，絕大部分的群眾不知所措，警方見狀便進行警棍衝鋒，驅散人群。

這批人群沒有散去，繼續沿彌敦道北行，剛好影院散場，不少青年加入行列，一路行經旺角亞皆老街與彌敦道交界的百老匯大戲院。如今沒有排隊等候入場的人龍，只有數百人在這兒聚集，向著擋著路口的警察高喊，投擲的物件的殺傷力愈來愈大，不止石塊、竹竿，還

1966 九龍騷動新聞照片。

有玻璃樽、燃燒彈等，彷彿若不能擊倒對方，武力便以幾何級數上升。

突然，一個金屬物體劃破長空，在夜空閃出一點又一點的光芒，拖著一條白色煙霧的尾巴，這道拋物線到達最高點後，開始迅速墜落在人群之間。

落地的那一刻，鐵罐釋放出一團白色煙霧，在灰濛濛的天空迅速膨脹，吞噬著附近的霓虹夜色。起初，這團不祥的白色，只是與街上情緒高漲的人群構成對比。接著，一股刺鼻的氣味開始蔓延，似一把又一把無形的利刃，狠狠地刺向每一個人的鼻腔，它不像任何一種熟悉的氣味，既不是燃燒著的木頭，也不是腐爛了的食物，是一種令人作嘔的混合物，剎那間讓人喉嚨發癢，胃裡翻江倒海。爺爺即時屏住呼吸，但為時已晚，那股惡臭突破了人體防線，似一隻無形野獸，在呼吸系統肆虐不斷。

爺爺的眼睛突然灼痛，淚水不受控制地湧出，視線變得模糊，唯有隱伏在樓宇一角，迅速地從袋中拿出清水洗眼，只見旺角突然變成

1966 九龍騷動新聞照片。

一片扭曲的光影，人群彷彿敗陣了似的四散，他們拼命的揉眼睛，試圖擺脫那股灼痛，但它卻變本加厲，像有無數根細針在刺向眼球，這刻只感到呼吸困難，每一次吸氣都似在吞蝕玻璃碎片，咳嗽聲在周圍彼此起伏，人們彎下腰，痛苦地捂著臉。

過了一會兒，爺爺終於喘定，看到戴著防毒面具的防暴隊正在佈陣，預備三面包抄，掃蕩面前的人群。

教人難以理解的是，有數個蒙著面的人，躡手躡足的帶著手推車來到，然後將車上的玻璃樽逐一點燃，然後歪歪斜斜的擲向防暴警察，但完全沒有擊中的意欲。

這時候，一名成人向一名青年提供石頭，指示他向警察擲石，爺爺認得是探員任蝦，在報導翁宏出逃之後，是他代表藍剛邀請自己去旺角警署，商談獨家報導的事。當青年甩出手上的石頭後，任蝦便表明警員身分，將青年拘捕。

遊行隊伍才發現有奸細的時候，防暴隊迅速從三面包抄，上前逮捕盧麒等示威頭領，其餘遊行人士各自向其他街道流竄。

爺爺見情況變得凶險，便連忙從唯一的生路奔逃，不顧一切的衝向內街，平日經過砵蘭街、上海街及新填地街不需幾分鐘，現在感覺卻度秒如年，生怕被警察突然拘捕。廣東道的商鋪大多關門，或者聞風先遁，只有拉半閘的士多，爺爺好不容易在廣東道的士多向老闆借了電話，打算先聯絡報館交代情況，要求撤走在九龍南部各處採訪的記者，怎料報館的接線員一聽到爺爺的聲音，便先交代一個重要的信息：

「阿嫂急著要與你聯絡，好像有急事。」

爺爺一邊用指頭攪動著撥輪，一邊整理思緒，心想電台定必報導了這場騷動，緊張也是自然的事，不過自己平生見慣風浪，就連死亡也曾經擦身而過，剛才經歷的一刻只不過是生命中的小事。

怎料嫲嫲一接聽電話，便向爺爺說：

「阿仔還沒有回來，不知往哪兒去了。」

爺爺帶著狐疑，先再致電報館，經接線員大概掌握騷動的情況，原來尖沙咀、油麻地、旺角及深水埗都已經爆發衝突，電台宣布即將進行戒嚴，這時爺爺的腦海一片空白：兒子會不會加入了遊行？

離開士多後，爺爺無法就此回家，想著與其一直擔心，不如一方面繼續採訪，一方面等待爸爸的消息，由廣東道步行前往土瓜灣，大概需要一個小時，沿途有多個電話亭，方便與報館、嫲嫲聯絡。

從廣東道繞道西行，望向剛才爆發衝突的地點，只見大概十數人舉手跪地，面向街道，在數名防暴警的看守下，等候押返警署。沿途所見，一些車輛被焚燒，街上的磚塊被掘去，部分商鋪遭到劫掠，瑞興百貨淪為廢墟。

一些滋事分子，離開了彌敦道，縮入橫街，在街口堆置木料、雜物，然後縱火焚燒，附近居民只好緊閉大門，避而不出。

若路上有單人匹馬，流氓便會一擁而上，劫掠身上財物，在此情況下，只能任其所為。

步履沉重的爺爺在街上走著，平日熟悉的街景顯得陌生，那些刺鼻的氣味、人群的怒吼、防暴警察的突擊，交織成一幅令人窒息的畫面，在腦海揮之不去。

然而，他更擔心爸爸的去向，疑慮彷如藤蔓般滋長，如今聽到戒嚴的消息，更如同火上澆油，令他陷入焦慮。

「這孩子究竟去哪兒了？難道真的參加遊行了嗎？」

爺爺一邊走，一邊喃喃自語，思緒猶同脫韁野馬，在各種可能性之間奔馳，他想起爸爸平日的言行舉止，想起他對我城的關注，想起他偶爾流露出的叛逆情緒，心中愈發不安。

「不會的，他一向懂事，應該不會做傻事……」

他試圖安慰自己，但內心的恐懼卻揮之不去，他加快了腳步，穿梭在空蕩蕩的街道上，目光不斷掃視著周圍，期待著能夠在某個街角看到熟悉的身影。然而，迎來的只有寂靜的街道、被毀的店鋪，以及空氣中瀰漫著的焦灼與不安。

來到了電話亭，爺爺停下了腳步。他猶豫了一下，離上次與嫲嫲通電才不過數分鐘，還是決定再打聽爸爸的消息，但電話那頭傳來更擔憂、無助的情緒，爺爺壓下了所有負面情緒，勉強地吐出了一句：

「你別擔心，我會帶他回來。」

他知道，這話聽起來是多麼蒼白無力。

時間一分一秒地流逝，爺爺平安地回到家中，可是爸爸卻沒有平安地回來，爺爺嫲嫲兩口子在家中呆坐至天明，既沒有警方的來電，也沒有醫院的通知，唯有寄望爸爸只是鬧著玩，忘記了打電話回家，明天就直接上學去了。

可是，明天學校卻致電爺爺，說爸爸無故缺席了。

爺爺握著話筒，聽著老師的聲音，情緒再一次波動起來。

嫲嫲的身體晃了一下，嘴唇微微顫抖，說不出話來。

看著妻子的崩潰模樣，爺爺強迫自己冷靜下來，開始分析所有線索：爸爸最後一次出現是在家裡，之後便失去了蹤影；書桌上的課本原封不動，說明他並沒有去溫習；昨晚九龍多處發生騷亂，兒子會否參與其中？

想到這裡，爺爺的心臟猛地一縮。他想起昨晚在旺角街頭看到的那些年輕人，他們充滿憤怒和迷茫的眼神，平日的爸爸看來不會是那樣子的。

「我要去報警。」嫲嫲猛地起身，然後就要外出。

「等等！」爺爺拉住嫲嫲，聲音沙啞，「警察都在忙著抓人，你現在去報警，他們會理你嗎？」

嫲嫲的身體僵住了。他知道爺爺說的是實話，現在這個時候，警察根本無暇顧及一個失蹤學生的案件。爺爺覺得，如果爸爸真的因為遊行被捕的話，警察更加不會理會他們的申訴。

「我們該怎麼辦？就這樣呆等嗎？」

「或許阿仔的物品會留下線索。」

爺爺和嫲嫲開始在家中仔細搜尋，希望能找到任何與爸爸去向有

九龍大暴動傳眞

工商晚報
THE KUNG SHEUNG EVENING NEWS

港府今晨發出憲報號外，宣佈動員香港團隊及輔助空軍。

暴動後悽慘圖

亞皆老街上海滙豐銀行側，多部車輛被騷動羣衆搗毀或推翻。

警官放射催淚彈

反加引起九龍大暴動
暴徒放火刧掠 造成嚴重混亂
軍警紛紛出動鎮壓捕四百餘人

暴動中四百餘人被捕 二〇二人今晨解法庭

宵禁令今晨解除 軍警仍出動 查可疑人物

昨夜放手彈催淚彈逾千發

港九學校休課一天

許多車輛慘遭焚燒

瑞興公司被人放火

警方放催淚彈 勸人迅速回家

喜訊

關的蛛絲馬跡。他們翻遍了爸爸的房間、書桌、抽屜，甚至連垃圾桶都不放過。然而，除了找到幾張揉成一團的廢紙，上面寫滿了「反對加價」、「堅持到底」等字句外，再也沒有其他發現。

這些字句，如同一道道閃電，劃破了爺爺心中的迷霧，照亮了一個他一直不願面對的真相：爸爸真的參與了那場運動。

「這些都是阿仔寫的嗎？」嫲嫲顫抖著。

爺爺的心中五味雜陳，他知道爸爸關心社會，對不公義的事情會義憤填膺，但他從未想過，爸爸會採取如此方式表達訴求。

「我們現在該怎麼辦？」嫲嫲的眼淚奪眶而出。

「別擔心，我們一定會找到他的，你先休息一下，吃點東西吧。」

爺爺向報館請了半天假，在街頭巷尾到處搜索，仍然沒有爸爸的消息，又一個傍晚來到，只好先在外頭採訪，順道打探被捕者的去向。

1966 九龍騷動（工商晚報 1966-04-07）。

青年末路

漆黑的夜幕籠罩著旺角，豉油街卻異常喧囂，三支由警員組成的巡邏隊，每隊人數超過四十，每八人一行，列隊操步前進。原來，警方採取「掃帚戰術」，這一頭的巡邏隊由尖沙咀開始，像一把掃帚，朝荔枝角道方向掃去；另一頭由荔枝角道開始，向尖沙咀方向掃來，兩路人馬在窩打老道匯合，然後各自一個後轉，朝相反方向掃去。不只彌敦道，上海街、新填地街等大馬路也同樣被這股肅殺的氣氛籠罩。整個九龍，都在警隊的巡邏下「掃來掃去」。

這些街頭景象，強烈地吸引著爺爺。他不理宵禁令，在街頭堅持記錄這些珍貴場景。與其在家中乾等，倒不如親身見證歷史的時刻。

豉油街與砵蘭街交界的南華戲院，有兩名年約十八、九歲穿著拖鞋的青年夜遊，在深夜中顯得格格不入，警員見狀，便立即喝問：

「去哪兒？」

「去買東西。」

警員立即將二人拘捕，並且命令他們蹲在街心，兩手扣上手銬，雙手舉在頭上。這時候，有玻璃瓶擲下來，但查不到瓶子從哪裡來。

黑布街轉口有一名男子，警方看見便立即上前查問：

「為何出門？」

「去工作啊。」

於是又被警方拘捕。

原來，黑布街口停泊著一輛警用大卡車，所有違反宵禁令而被捕的人，都像貨物一般，被逐一押上這輛大卡車。待車廂塞滿，他們便會被統一送往旺角警署。

爺爺也被帶到旺角警署，由於觸犯只是較輕的宵禁罪，在等候室聽候發落。那兒面向著一扇沒有關門的偵訊室，透過門縫，他看見一班人面向著牆壁跪下，地板上滿是血跡。突然一名警察喝令其中一人起身，要求他將雙手垂直，再不斷抽擊其胃部。爺爺一眼便認得，這是一種叫「四八四」的打法。

那位男子被打得幾乎昏厥，黑框眼鏡早已飛到一旁，這時候，一個熟悉的身影赫然進入偵訊室，爺爺定睛一看，認得他是藍剛探長。

藍剛一見到那位半死的男子，眉頭微蹙，下令警員搬來椅子供二人一同坐下，爺爺心中一凜，認得他是示威頭領盧麒。

「你們這些小伙子，一點骨氣也沒有，還想倚仗哪個『鬼婆』嚇唬我們！假如你們沒有葉錫恩這座靠山，我必定立即將你推出彌敦道，然後將你槍斃！」

「葉錫恩這個混蛋，早晚都會被遞解出境，你究竟收過她多少錢？」

盧麒早已被打得不似人形，面對著如此對待，耗盡了全身力氣，艱難地吐出一句：

「我認了。」

聽到這句話，藍剛如獲至寶，於是說：

「這就夠義氣啦，聰明！將來準有你著數（有你好處）。」

藍剛號令下屬為盧麒錄取口供，然後隨即離開偵訊室，立即看到了爺爺，便說：

「為何你在這兒？」

爺爺便交代因採訪緣故，犯了宵禁令就被押來警署。藍剛聽到後，便立即招來一名警察，立即銷案，並且讓爺爺回家。爺爺想到了爸爸下落不明，便向藍剛求助，藍剛一看眼前人憔悴的面容，讀出了背後的潛台詞，便先帶領他到人流較少的一角休息，並且說：

「如果令公子沒有破壞、沒有參與暴動的話，可以隨時離開，但如果他有參與騷亂的話，我就沒辦法了。」

此刻，爺爺心裡一寒，彷彿來到了命運的交叉點。如果爸爸有「搞事」的話，影響大好前途固然令人沮喪，但剛才目擊盧麒被打得不似人形，這才是他最擔心的事。即使環境並非寧靜，警署內川流不息，藍剛的說話令他陷入了無窮的焦慮。

無言的爸爸終於被一個警員帶到爺爺的身邊，他低著頭，雙手僵直地垂在身側，好像從來沒有擺動過似的。他甚麼也沒說，只是呆立，眼神失去光彩，整個人像是剛從一場漫長的虛耗中走出來，精神彷彿被掏空了。

爺爺見到他，臉上的驚愕輕輕一閃，隨即像怕被察覺，將所有表達都壓了下去。這時，爺爺匆匆地打量兒子的臉和手腳。身上沒有外傷，已經是不幸中的大幸。然而，那眼角隱約的淚痕，手指若有若無的顫抖，卻出賣了一切。他一定是看見了，看見那些拳頭怎麼狠狠落下，一下接一下地落在人身上，也落在自己的心上。

他原本是被人捧在手心上養大的孩子。家裡雖不富裕，可總有人為他遮風擋雨，就連在學校與人吵嘴，也向來只動口不動手。他原本與那個世界毫無瓜葛，然而一轉眼，他竟從裡頭繞了一圈回來了，只剩下一副空蕩蕩的軀殼。

爺爺甚麼也沒問。他怕自己一開口，會碰碎了好不容易築起來的沉默。他只是輕輕地應了一聲：「嗯。」像是點頭，又像是說給自己聽的，聲音微弱得幾乎沒有。

「阿媽擔心你，先回家吧。」

爺爺從未想過，有一天竟然會在警署保釋兒子。這一刻，他感覺自己好像一下子蒼老了十年。

他們這一代，經歷過艱苦的歲月，戰亂與動盪帶來了無數的傷痛。他一直以為，現在這個時代已經和平穩定，至少不會再發生當年的悲劇。

但他錯了。

最近的幾年，社會氣氛日漸緊張，貪污腐敗醜聞不斷，物價持續飆升，人民的積蓄竟然會在一夜間化為烏有。每次聽到這些消息，他的心就一陣抽痛，深深地為下一代擔憂。

起初，爸爸經常主動討論這些社會現象，總是充滿理想與激情，相信只要團結一致，發聲抗議，就能改變現狀。爸爸的熱情讓他擔心，

盧麒今晨在調委會作供稱

探長藍剛恐嚇他 揚言將他放水燈

被帶至警署見地下滿是鮮血哭聲震室

【本報訊】盧麒今晨繼續在九龍騷動調查委員會，接受仙昆納第大律師的盤問。他透露四月八日清晨在旺角警署內，探長藍剛恐嚇他，要給他「放水燈」，並且要推他出彌敦道用槍射死他。仙昆納第盤問他相信此事否。盧說：像藍剛這個盜賊相他是做得到有餘的。

盧又稱：由於懾於當時形勢所逼，藍問他業錫恩給他五千元時，他承認了。他說：他只見過業一次，從未接受過她五分錢。對藍的供詞是準備一有機會便把它推翻。

該調委會於今晨十時十二分繼續在高等法院第二庭聆訊。由盧麒接受代表業錫恩的仙昆納第大律師盤問他於四月七日以後的經過情形。

盧麒在作答覆中稱：他因破壞宵禁令而於四月七日被拘捕，被提控時，他不認罪，當時的審訊程序是：他並無律師代表而有兩名警方人員上庭作供。他們說他在四月六日向羣衆演說。他並無注意當時法官曾否問該等警方人員為何不在當時拘捕他，但是，他相信該法官沒有這樣提出。

仙昆納第繼問他甚麼是「引導性作供問題」，他說不清楚，大律師說：因他無請辯方律師故當時並無接受引導性作供。

盧又說：後來撤銷了他的煽動的罪名。

四月七日，他在一大廈內被捕，當時拘捕他的人並無說出理由。之後把他帶去旺角警署，[illegible]員不說甚麼，只叫他跪在室的一角，過了一夜，至凌晨五時卅分才准企起來。在房內，地下滿是鮮血，被捕的人哭喊震室，他並親眼看見很多人被毆打，一個溫和的青年被警員用棍毆打，當時陳說：「真可惜呀！」一督探一句「可惜甚麼？」說完後便再用棍撞他的肚子。另外一名歐籍人士也被困在同一房子內。

清晨六時，一九五號警目叫他簽供狀，上書他是在金輪大廈走廊被捕的，是由於破壞宵禁令而被捕。

他今晨說：他不知道當時簽的是甚麼，是警探叫他這樣寫的。

清晨時，他被毆打後被帶往隔鄰的一座大廈三樓的一間房，那裏已坐着四、五名像很重要的便衣歐籍人士。後與警官愛比遜兩人單獨進入另一辦公室。愛比遜隨着問他幾個問題，一些關乎示威及暴動事，他用英語答他，說了真話。愛當時談及貝納祺和業錫恩。問他時並無先行警誡。當時他想去電他的律師羅士比，但嚴厲禁止觸及電話，十分鐘後，一名探長來帶他到他的辦公室，探長用中文寫了一些東西，警告他並指他說了假話。

然後出去，另兩個幾年前見過的探員，其中一個是盧超，入來後，不說什麼被立刻毆打，當時他感到像是「觸了電」。仙昆納第說在法庭上說「觸電」的形容詞很易使人誤解，故問盧此詞何解。他說：

他們用拳頭打他時，疼痛的程度有如少時玩電器時觸了電，這廿分鐘中拳掌用齊，擊及全身。之後，他感到很暈。他們又令他坐下，一一出了室，他曾欲打電話給律師，剛巧藍進來，停止了他並罵他，又令蹲在室角。藍說他沒有骨氣，不似中國人，恃着業錫恩及貝納祺的「鬼佬」來嚇警方，若他不給警方業、貝二人的情報，則拉他出彌敦道用槍射死他，他當時相信像藍剛這個盜賊相是講得可以做得到的，他續稱他們並要給「放水燈」盧說：那就是用火水倒在肚臍上用棉繩燒着了，直至火水燒完。盧也相信他們是會做得到的。

藍又叫他坐在椅上，並問他什麼是政治，他答：從孫中山的解釋「管理衆人之事」就是政治，藍又說：「好似業錫恩的契弟仔遲早被解出境。」

盧續稱：他們問他是收了業錫恩五千元或是五萬元。他卻承認收了業五千元。

他說：他所以這樣說是因為情勢危險而將來有機會便可推翻口供。

他表示：他祇見過業一次，從未收過她五分錢。

盧麒不服原判案 遭高院全部駁回

【本報訊】爲著盜竊單車一項罪名在粉嶺裁判署被判入獄四個月而不服上訴要求減刑，及反對原判的盧麒，今晨被高等法院全部駁回。

高等法院副按察司鄔運頓今晨在駁回該上訴案中指出：被告的被定罪，是由原審法庭所接受的證供，全部完整而充足，至於要求減刑一節，是被告的申請已超過法定的申請期間。

本案被告由沈澄大律師代表，高院經連續聆訊多天，今晨宣判。

因為他深知，現實殘酷無情。然而，他並沒有想到，爸爸會真的投身其中，參與這場騷動。

直到爸爸出事後，他才知道兒子背著自己參與遊行示威，違反了所謂的宵禁令。他曾經以為，兒子的人生一定比他順遂。只要上一代努力工作，含辛茹苦，就可以為下一代創造更好的世界，讓他們免於自己曾經遭遇的苦難。但現在看來，歷史又重複上演，社會動蕩只是換了另一種形式。貪污、物價上漲、民眾的憤怒，都像是無數個未解的結，緊緊地纏繞著這個社會，令人無從解脫。

九龍在連續四晚宵禁之後，市面在四月十日開始陸續恢復正常。爸爸連同其餘的九百人，被控破壞宵禁，可以付罰款了事，其餘五百多人則被控以其他罪名，示威頭領盧麒雖未被控暴動，判守行為三年。在九龍騷動調查的聆訊中，盧麒全面公開被毒打、招供的過程。九龍騷動調查報告出爐後，文件絲毫沒有記載他的證供，還批評他的口供絕不可信。自此，盧麒鬱鬱寡歡，不久在牛頭角徙置區上吊自殺

盧麒案（工商晚報 1966-06-28）。

身亡，年僅十九歲。警方在他的遺物中，找到了《九龍騷動調查委員會報告書》。

盧麒之死，勢必對爸爸造成衝擊，為了試探反應，爺爺託辭天氣寒冷，為把自己關在房內的爸爸端上溫茶。

「盧麒……」爺爺試探一句。

爸爸沒有接話，只用食指輕觸杯口。走廊的風掠過門縫，吹翻檯頭那份調查報告。紙頁翻動，像夜半孤魂搖鈴。爸爸伸手壓住，以至指頭發白，卻不願把紙推回原位——那封面貼著他的掌心，像一道烙印。

「十九歲。」他終於開口，聲音卻淡得像褪色的墨。接著便不語了。那兩個字在屋裡旋轉，撞牆後碎成塵，散落在房間的各處。茶水溫度迅速下降，玻璃壁上浮現一圈霧；爸爸像被那圈霧困住，四周全是隱形的絞索。

「好端端的怎麼死掉了？真是自殺嗎？應該好好的調查一下。」爺爺喃喃說著。他是記者，卻也隱隱心知不會查到甚麼。

「查不到的。」爸爸忽然笑了一下，笑紋薄得像裂縫，「也罷。」沉默了一會兒，再說：「爸，我真的累了。」

此後，爺爺有時會失眠，望著窗外沉重的夜色，不禁思考，他們該如何面對這個變得陌生又充滿敵意的世界？他該怎樣告訴他的孫兒，這個社會究竟怎麼了？他們又該如何避免踏上和他們父親同樣艱辛的道路？

我卻想，或許他們這一代的沉默與忍耐，才是導致爸爸受難的真正原因。他們以為忍耐就能換取希望，卻未曾想到，這反而讓他們的下一代不得不為他們的懦弱承擔代價。

當我還在想像爺爺和爸爸的驚心遭遇與複雜心情時，嫲嫲從鐵盒中找出了一本塵封的日記本，我認得出是爸爸的字跡。

「他原本把日記丟棄了，但我卻把它留下來。」嫲嫲說。

我的好奇心驅使我翻閱日記，根據嫲嫲述說過的事件，追蹤爸爸當時的心路歷程。

✧ ✧ ✧

一九六二年四月一日

我至今仍記得那把木鎚。

它並非因沉重或鋒利而令我難忘，而是因為它落下時發出的聲響——那不像工具，更像拆毀。木鎚砸中木牆，我心底深處彷彿也隨之震蕩，那不是單純的騷動，而是痛楚。

我原以為事情會像街頭爭吵，喧囂過後便歸於平靜。然而，那些手持工具的人，他們並非來吵架，而是徹底的破壞。現場一片死寂，無人出聲阻止，我自己也啞口無言。我的喉嚨彷彿被木屑堵塞，只能眼睜睜看著一個家，頃刻間淪為廢墟。

一個女孩從屋裡倉皇逃出，奔向她母親，哭喊得撕心裂肺。我不忍直視她的面龐，一個念頭閃過腦海——如果我住在裡面，我能跑得比她快嗎？或者根本無處可逃？

爸爸輕拍我的肩膀，我知道那是在告訴我：此刻不是出頭的時候。可我的手卻緊握成拳，並非想攻擊誰，只是不知該如何放鬆。

回家後，我打開書桌抽屜，取出我用來做木工模型的小鎚子。它曾是我最喜歡的工具，用來敲打成形，搭建構造。我一直以為，工具是用來建造的，從未想過它也能毀滅。那一晚，我把小鎚子收進抽屜，從此再未打開。

其實我最記得的，不是那間被拆毀的屋子，也不是財叔的沉默，而是那洋婦站在陽光下的身影。她說話的語氣並不尖銳，卻理直氣壯得像山風般不容置疑。我那時想，如果這個世界還有一絲希望，或許就是因為仍有人願意站出來，說出那些理應被說出的話。

那把木鎚的聲音徹夜在我腦中迴盪，令我無法入睡。

✧ ✧ ✧

一九六四年三月二日

警帽翻轉的瞬間，我的心底也隨之傾覆。

記得那刻，爸爸正尋找糖水鋪，我猶豫著要芝麻糊還是綠豆沙。街上霓虹燈閃爍，依舊熱鬧、熟悉、溫暖，但那頂帽子伸出的瞬間，一切都變了調。

「不是討錢，是搶劫。」我心裡暗忖。

爸爸沒回答。他常這樣，當他沉默時，就是心裡說不出口的時候。我看著那位婦人，手有點顫，臉上表情似習以為常，卻又永遠無法心安。

「你在幹甚麼？」爸爸拉著我，他的掌急促、有力，避免我牽涉其中。我沒有掙脫，但眼睛還是瞪著那些穿制服的人。他們的臉很冷漠，冷漠得像風吹過也不起波紋的水。

換了一個糖水檔，換了一場戲碼。這一次，婦人主動，警察推辭，孩子被推上前去。孩子不明白，但她低著頭，彷彿學會了低頭就是平安。

爸爸點了一碗綠豆沙。我依然沒說話。

那時我甚至懷疑他是不是也習慣了，甚至加入了這場交易。但他開口的時候，我才明白。他並非默許，而是不願見他們失去最後的尊嚴。

我喝了一口綠豆沙，竟然是溫的。苦味從舌頭浮上來，不是糖水，是心裡一種說不清的酸。

如果有一天我長大了，我是不是也註定學會這樣的沉默？會不會有一天，我也會翻轉帽子，只因為這樣比較容易生存？

我點點頭，心中那股憤怒與不甘，化作了沉沉的決心。

✧ ✧ ✧

一九六五年一月二十七日

今天經歷的事，讓我受到沉重的打擊。

早上，爸爸帶我到九龍城，要尋找一位洋婦訪問，原來她便是當天挺身而出，指斥徙置事務處職員的葉錫恩。她對時局見解獨到，似乎很有使命，一通電話便迫使消防處長親自來視察，讓我明白爸爸此行不只是要來做訪問，而是讓我知道，縱使時勢再險惡，仍有有意義的事值得去做。

突然，電台新聞報導公布了明德銀號停業的消息，令爸爸六神無主，倉卒離開。當晚，爸媽說有一部分的積蓄在明德銀號，原本打算供我前往海外升學，我心想，我的將來要怎麼辦？初中畢業後，難道我便要到廟街賣糖水嗎？抑或去寫字樓工作，賺來的金錢要被剝削？聽到「積蓄沒了」，只感到一陣窒息。

我的夢想、我的未來，在那一瞬間被撕裂成碎片。腦海中閃過無數個灰暗的畫面，復華村的不公、廟街的苛索，那些我想逃離的命運，此刻竟顯得如此真實。一種無力的絕望感像潮水般將我淹沒，我感到前所未有的迷茫，不知道該何去何從。家中壓抑的氣氛令人窒息，如被無形之手緊扼。我害怕自己會哭出來，害怕讓爸媽看到我的脆弱。那種巨大的失落和恐懼，讓我迫不及待地想要逃離那個充滿絕望的空間。我需要呼吸，需要一個地方消化這突如其來的打擊。

我來到爸爸曾經帶我逛的海心公園，回想著這些年來，雖然說是太平了，但面對的動蕩似是接踵而來。小時候原本居住在灣仔，因為一個瘋漢，舉家搬到了土瓜灣，童年的玩伴全部失去了聯絡。公園裡的海風吹過，卻無法平息我內心的波瀾。我回想起過去的種種變故，那些曾經以為已經過去的傷痕，此刻卻被重新揭開。灣仔的家、失去聯繫的玩伴，那些失去的快樂和安全感，都像幻燈片一樣在腦海中快速閃過。我感到一種深刻的不確定感，似乎命運總是在捉弄人，讓人無法安穩。剛搬來了土瓜灣，隔壁的陳先生居然是通緝犯，這段經歷在我心中留下了深刻的陰影，我感到自己周圍的世界充滿了不確定和危險，彷彿除了父母外，其他人的面目都是猙獰的。一種強烈的戒備心油然而生，讓我對外界充滿了不信任感。我開始意識到，除了父母，沒有甚麼是真正可靠的，這種認知讓我感到孤獨和不安。父母會老去，為了讓他們的日子過得好一點，也讓我的將來過得舒服一點，我只能努力讀書，賺更多的錢，改變未來。這份沉重的責任感像一座山，壓在我的肩上。我渴望能為父母帶來更好的生活，也希望自己能擺脫現在的困境。我意識到，教育和財富或許是改變命運的唯一途徑。這份渴望變得前所未有的強烈，像一團火在我心中燃燒，驅使我必須去奮鬥。

但家裡的積蓄沒有了，我可以怎樣呢？這個問題像一記重槌，再次敲打著我的心。剛剛燃起的希望，又被現實的冰冷澆熄了。我感到一種深切的無力感，彷彿所有的努力都將付諸東流。我的腦海中一片空白，不知道下一步該怎麼辦，眼前似乎只有一片茫茫的黑暗，沒有任何方向。一種難以言喻的絕望再次湧上心頭。

✧ ✧ ✧

一九六六年四月六日

我決定瞞著爸媽參與遊行。這是一個重大的決定，我的心臟砰砰跳動，像是要衝破胸膛。我知道這會讓他們擔心，甚至生氣，但內心有一股無法抑制的衝動，告訴我必須這麼做。我感到一種前所未有的決心，像是終於找到了一件真正屬於我的事。

要是向爸爸說：「我要遊行。」他一定會反對，媽媽也會反對。光是想像他們會說的話，就讓我的肩膀沉了下來。那種熟悉的語氣，帶著不容置疑的權威，彷彿一道無形的牆，阻擋了我所有的熱情。我知道他們是為我好，但在這一刻，那份「好」卻像是一種束縛。他們一定會說：「做人只管安守本分，別人的事你別管。」但爸爸是記者啊，他也經常在前線見證一切，也曾經寫下多篇重要報導，我不相信爸爸是冷漠的人，要是他可以用報導關心社會，為何我卻不可以？這個問題像一根刺，深深扎在我心裡。為甚麼他可以為社會發聲，而我卻只能被動地接受？我渴望像他一樣，不只是旁觀者，而是參與者，甚至是一股改變的力量。我甚至對他產生了一絲不理解，希望他能明白我此刻的感受，而不是只看到一個「不聽話」的孩子。

我託辭要溫習，便出門去了。說謊讓我感到有些不安，但為了心中的信念，我願意承受這份小小的罪惡感。踏出家門的那一刻，我感到前所未有的自由，像是掙脫了無形的枷鎖，覺得為家園出力是一種榮幸，全身充滿了力量。

昨晚的尖沙咀天星碼頭，我還是第一次見識，當晚人特別多，似乎是受了前一晚的激勵，一班與我年紀相約的人，為了反對加價而振臂高呼，一股悶氣在胸口炸開，所有年輕人的聲音，那種不被聽見的憤怒，彷彿都透過他們的吼聲宣洩出來。那些高高在上的人，大概根本沒想過，我們會站出來。置身於人群中，我感受到一股強大的感染力，那種共同為了一件事而奮鬥的熱情，讓我全身的血液都在沸騰。我第一次意識到，原來有這麼多人都和我一樣，不滿現狀，渴望改變。那種被理解、被接納的感覺，讓我覺得自己不再孤單。當那些口號響徹夜空時，我感受到胸中一股洶湧澎湃的情緒，那不是憤怒，而是一種希望，一種想要參與其中的渴望，想要讓世界變得更好的熱情。

領頭的哥哥，年紀大概十八歲，一路帶領著遊行隊伍由尖沙咀走到石硤尾，再由石硤尾打算返回尖沙咀，原本我也打算隨隊，不過怕被爸媽發現，我便趁著隊伍經過油麻地的時候，離隊回家去了。看著那個領頭的哥哥，我心中充滿了敬佩，他像一道光，照亮了前進的方向。然而，現實的擔憂像一盆冷水，澆熄了我一部分的熱情。想到爸媽可能會有的反應，那種不安感再次浮現。儘管不捨，但我知道現在還不能完全不顧一切。離開隊伍的那一刻，我感到有些失落，像是被迫提前結束一場精彩的夢，但心中也燃燒著一股期待，期待著明天的到來。

這不是結束，而是一個開始。那份熱情和信念已經在我心中生根發芽，我渴望再次回到那個人群中，為自己、為香港發聲。我希望明天能再次體驗那種共同奮鬥的感覺，因為我知道，我已經找到了比課本更重要的東西。

我不能再沉默下去了。

✧ ✧ ✧

我翻著那幾頁單薄卻沉重的日記，試圖重構一位曾經熱血的年輕人。字裡行間，字跡剛強有力，記錄官員貪污、物價暴漲及民不聊生，讓我彷彿看見那年的爸爸，是何等英氣勃勃的模樣。然而，歷史的弔詭在於，日記的最後一頁竟只寫了一句話——「我不能再沉默下去。」而這句話的最終下文，竟是沉默。

我問：「爸爸之後怎樣了？」爺爺的經歷，在家族記憶中已是傳奇，反而是朝夕相處的爸爸，在嫲嫲口中那片諱莫如深的留白，更像一道待解的歷史謎題，讓我倍感好奇。

嫲嫲說：「你自己去問吧。」她低頭，重新把白布袋裡的紙張、照片、鐵盒及小冊子一一放好，那動作像急於隱藏一段不容驚擾的記憶。她沒再說話，我也沒再問。

那年沙士剛過，社會彷彿大病初癒。地鐵站外有人派傳單，校園布告板貼滿了「還政於民」的標語，空氣中瀰漫著一種躁動與期待。老師講課，無論甚麼主題，總以叩問良知作結，他們告誡：「讀書就是要關心社會。」這段時間，學校的公民教育佔了最多的課堂時數。香港的每一代人，是否總在特定的歷史時刻被啟蒙？

一天，我趁家中無人的時候，坐老舊的沙發上，偷偷拿出蒙塵的白布袋，再一次翻看爸爸的日記。當指尖觸摸著泛黃的本子，我想像爸爸寫字時的神情，那時的他，可曾預料到今日的我，會以沉重的心情來閱讀日記？他為何放下記憶？嫲嫲又為何要藏起來？難道是想……將這個結留給我來解？

爸爸總說「少理政治，做人最緊要穩陣」，這句話，是經歷磨難之後的生存智慧，抑或是一種自我麻醉？可那日記裡的他，卻曾在街頭高喊口號、關心時政，與今日選擇了緘默的他判若兩人。原本堅持的信念，自那年起，似乎沉入海底，再無回聲。

從爺爺的啟蒙，到爸爸的身體力行，本是順理成章，但何種挫敗與恐懼，令爸爸產生一百八十度的轉變，變成今日的沉默及逆來順受？如果我見到的，是日記裡滿有朝氣的他，他和我的距離還會這樣大嗎？

爸爸背對著我坐在書桌前，手指不緊不慢地翻頁，猶如為舊時光把脈。木地板隔著書桌傳來輕顫，我懷疑那是他的心跳——低到幾乎聽不見。

我開口時，聲音比心跳更輕：「爸……我看過你的日記了。」

他的手突然停住，又輕輕落下，發出一記清脆的微響，彷彿課堂上粉筆折斷的聲音。他沒回頭，只問：「甚麼日記？」

我將白布袋往前挪，布料在膝頭蜷縮成一叢光影的皺褶：「嫲嫲收起來的，裡面收藏了你去遊行的事。」

沉默在房間裡膨脹，我的手心滲出汗。

終於，他嗯了一聲，那聲音像從遙遠井底傳來，用心分辨才能聽見。

「你……真的被捕了？」我窮盡氣力將句子變得完整，語尾顫得像燒盡的線香。

他合上書，轉身，說：「那時候，年輕。」

「年輕」二字，聲音雖輕，卻有重量。年輕——曾經是光，如今成了傷疤的代號。

我望向他的眼睛，幽深得像維港夜潮，無從測量。我想問，然後呢？可喉頭像卡了東西，吞不下，吐不出。

父親趁機去倒水，我心裡的某個閘門也砰然開啟——那些在教室裡被老師點燃的關鍵詞——嘩啦啦地湧上腦袋。

他背對我說：「有些事，做了不一定會改變甚麼。」

「不一定」——這樣說，合理麼？一些情緒急速湧來，我聽見自己語速忽然加快，語氣也開始改變：「可是，如果沒人做呢？」

爸爸把水杯放在桌沿，玻璃輕碰瓷壁，良久，不發一言。

我吸一口氣，嗓子發乾，交代了我的決定：「明天我會去遊行。」這句話，只是通知，無論結果。

他靜靜看著我，目光像那褪色的舊照片。他沒有責備，也沒有贊成，只說：「天氣熱，人多，小心別被帶走。」

我的心頭突然一緊，又逐寸鬆開——那不是允許，也不是禁止。我在他目光深處捕捉到一閃即逝的震動，像夜海底的微光，輕輕地晃了一下。

他回到書桌，書頁重新翻動。我低頭凝視爸爸的日記，墨跡早已乾透，但最後一行字仍帶著微溫：「我不能再沉默下去。」

——或許，那句話一直在等一個回聲。

翌日中午，父親的房門仍然緊閉，但門縫下透出一線光。那光細如針，卻在暗處透出一點亮。

街道上，人群正聚合成潮。口號像浪尖的白沫，一層層拍向天空。我深深吸了一口潮濕的熱風，心臟跳得很快——不是畏懼，而是站在十字路口，一場即將決勝的競賽。

我舉起手中的紙牌，一瞬間，想到爸爸日記的那句話——「不能再沉默」。一想到這裡，我便鼓起勇氣，高喊口號，聲音掙脫胸腔，如破殼之鳥。

隊伍向前，陽光反射在水泥叢林的玻璃牆，耀眼得讓人不可直視。我聽見身旁有人低聲說：「黑夜必會過去，白天快將到來。」

我握緊紙牌，那觸感忽然變得炙熱，像一粒種子，在血脈發芽。

——而我知道，這一次，不再有人能把它封進袋子裡。

✧ ✧ ✧

二〇二五年的夏夜，我悄悄站在陽台上，俯瞰黯淡的街道。那年輕時高舉紙牌的熱度早已失蹤，取而代之的是另一種白。城市像是被誰細細的擦拭過，不落一點痕跡。牆上的斑駁被磨平了，連記憶也逐漸消失。原本斑斕的招紙統統褪色，只剩下一層紙粉似的白，文化也不過是從前那件綢衣，經太多次的浸泡後，失了原色，布料變脆，風吹一下也碎。

風吹過時，街頭只剩一些輕飄的紙灰，燒剩的碎頁，無從辨認來處。偶有一些似曾相識的說話，在巷尾擦肩而過，聽起來也像走了音的舊式錄音帶，無從追問真假。

城市像經過洗滌、沖刷，變得潔白無比，連文化都變得慘白。

忙著封箱的我，想著如何處置白布袋。嫲嫲早已隨秋風遠去，父親的鬢髮稀薄如霧，他的話變得更少，閒時在露台舉頭望天，不知在盼待著甚麼。

我再一次掀開白布袋，想端詳細看裡面的一切，爸爸見我呆著，便說：「放回去吧。」

有些東西，的確放得回去；有些記憶，卻揮之不去。從前的我，距離爸爸太近，猜不出、摸不透他的心思；現在的我，距離爸爸遠了一點，反而似乎摸通了他的想法，一個經歷挫折而決定不再走上街頭的人，為了防止下一代錯失發聲的機會而感到受挫，落得同樣鬱鬱寡歡的下場，於是在廿三年前的晚上，以沉默當成默許，將決定權交到了我的手上。此後年復年的關鍵時刻，這種沉默還是一次又一次，把行動的選擇交給我，交由我來決定，直到某天，我也意識到不得不沉默。

此刻，我拉緊白布袋，它在暗影裡微微發光，像一盞未熄的燈。

爸爸說過：「往往是事情改變人，人改變不了事情。」我卻總忍不住想，也許人生只能活一場，不過就是為了在無數不能改變的時刻裡，仍去改變那少數的甚麼——「人生在世，就是要改變某些事情。」即使結果不符預期，亦算是問心無愧。

我輕輕拿起白布袋，珍而重之地放入紙箱——等塵埃不再沉靜，空氣裡開始有些甚麼蠢蠢欲動時，再讓這個白布袋，翻出來，透一透氣，再悠悠講那些還未說完的故事。

後記

這是我第一次寫小說。

小說的寫作緣起，對我而言，是一場意想不到的轉折。猶記中學時，只讀過《三國演義》。在大學及研究院時期，埋首先秦諸子、南朝文學理論與唐宋古文等典籍，根本無暇接觸現當代文學，小說寫作更是遙不可及。

投身教育界後，面對香港中學獨特的作文評分標準，既需散文篇幅，又講究小說情節與人物描寫，深感大學所學古文詩詞技巧難以為用，設若要指導學生，必須積學儲寶，酌理富才，否則所謂寫作教學，只是癡人說夢。

於是，我開始閱讀小說，無論中外、現當代的，皆貪多務得，細大不捐，最初只是輔助教學，後來萌生創作的衝動，一條又一條故事線浮現心頭。然而，這想法始終流於想像——畢竟我只是默默無聞的小人物，未曾獲獎，難有人願承擔出版風險。一切，只能反覆沉澱、醞釀及等待。

直到疫情蔓延，生活放慢，我選擇用文字沉澱經驗與感受，作為療傷的媒介，寫了大概一萬字的練筆。然後，我誠惶誠恐地將萬餘字的文稿發給一位朋友，要此人給我意見。此人對小說的眼光極高：不是名家不看，不好看更不看，卻偶爾催促我要寫小說。豈料，原以為不值一看的練習稿卻換來了肯定。這道力，將我從岸邊推入大海，展開全新的歷程。為表感謝，書中的一位人物，便以此人為原型。

本書中的「白」，貫穿各章。「白」，是遺物、是人物，也是時代的象徵。白布袋是故事的開端，收藏不少遺物，連結各章故事。「白」的人物描繪，是花了最多心血的部分，那幕白千層下的漫步，換來了一次心跳回憶。故事在一九六六年收結，是有意為之的界線，當年港英政府的騷動調查報告，導致一些年輕人的生命蒙上陰影，那是截然不同的白色恐怖，人生自此被收入了白布袋，從此一蹶不振。

歷史不斷循環，虛實之間的界線也愈來愈模糊。

故事中的爺爺、爸爸，是一條虛構的故事線，串連了多位歷史人物，包括姜子彬、李卓、翁宏、葉錫恩、蘇守忠、藍剛及盧麒等，經歷戰前、日佔、重光及騷動等香港重要時刻，營造虛實交錯的效果，自知力有不逮，若有不足，望讀者見諒。

二〇二三年的暑假，開始動筆寫小說，直至上年暑假完稿。著名華文推理作家陳浩基先生不需廿四小時，便將數萬字文稿讀完，還在寫作原則、視點取捨、敘述角度、人物塑造及虛實配合等各方面提供多達三千字的建議，讓我在毛遂自薦前，得以排除致命缺陷。完成修訂後，我抱著最壞的打算，大著膽子將文稿發給小樺，奢望有百分之一的出版機會。漫長的等待，幾乎令我相信它被束之高閣。豈料某天，鄧小樺說有興趣出版這拙作，於是我不敢怠慢，在她的鞭策及指導下完成修改，進一步學習小說的開篇方法、角色塑造、結尾鋪排、語言表達及文字潤飾等，彷彿重新學習寫作，在此感謝兩位。

這不是一部完美無瑕的小說，卻是我最真誠的分享。它有虛構的部分，但有時候讀到裡面的東西，偶爾連自己也會心痛；若說它是家庭的小故事，卻也與今日的時代遙相呼應。寫作這件事，是人與時間的拔河，能贏的不多，如今終於完稿，我誠意接受大家的批評。我寫它，為記憶，也為未來。

二〇二五年六月十八日

白布香江——那些父祖輩的故事

作者……余震宇
責任編輯……鄧小樺
執行編輯……余旼憙
文字校對……黎思行
封面設計及內文排版……吳郁嫻

出版……二〇四六出版
發行……遠足文化事業股份有限公司（讀書共和國出版集團）
社長……沈旭暉
總編輯……鄧小樺
地址……103 臺北市大同區民生西路 404 號 3 樓
郵撥帳號……19504465 遠足文化事業股份有限公司
電子信箱……enquiry@the2046.com
Facebook……2046.press
Instagram……@2046.press

法律顧問……華洋法律事務所　蘇文生律師
印製……博客斯彩藝有限公司
出版日期……2025 年 7 月初版一刷
定價……380 元

ISBN 978-626-99714-3-5

白布香江：那些父祖輩的故事｜余震宇作｜初版｜臺北市｜二〇四六出版｜遠足文化事業股份有限公司發行｜ 2025.07 ｜ 304 面｜ 14.8X21 公分｜ ISBN 978-626-99714-3-5 ｜平裝｜ 857.7 ｜ 114008594